U0935003

大家小书

夜阑话韩柳

金性尧 著

北京出版集团公司
北京出版社

图书在版编目（CIP）数据

夜阑话韩柳 / 金性尧著. — 北京 : 北京出版社，2016. 7（2024. 7重印）
（大家小书）
ISBN 978-7-200-11983-1

Ⅰ. ①夜… Ⅱ. ①金… Ⅲ. ①韩愈（768～824）—唐诗—诗歌评论②柳宗元（773～819）—唐诗—诗歌评论 Ⅳ. ①I207. 22

中国版本图书馆CIP数据核字（2016）第065984号

总策划：安 东 高立志 责任编辑：陶宇辰

· 大家小书 ·

夜阑话韩柳
YELAN HUA HAN-LIU
金性尧 著
*
北京出版集团公司 出版
北京出版社
（北京北三环中路6号 邮政编码：100120）
网 址：www.bph.com.cn
北京出版集团公司总发行
新华书店经销
北京华联印刷有限公司印刷
*
880毫米×1230毫米 32开本 10.25印张 158千字
2016年7月第1版 2024年7月第5次印刷
ISBN 978-7-200-11983-1
定价：56.00元
质量监督电话：010-58572393

序　言

袁行霈

“大家小书”，是一个很俏皮的名称。此所谓“大家”，包括两方面的含义：一、书的作者是大家；二、书是写给大家看的，是大家的读物。所谓“小书”者，只是就其篇幅而言，篇幅显得小一些罢了。若论学术性则不但不轻，有些倒是相当重。其实，篇幅大小也是相对的，一部书十万字，在今天的印刷条件下，似乎算小书，若在老子、孔子的时代，又何尝就小呢？

编辑这套丛书，有一个用意就是节省读者的时间，让读者在较短的时间内获得较多的知识。在信息爆炸的时代，人们要学的东西太多了。补习，遂成为经常的需要。如果不善于补习，东抓一把，西抓一把，今天补这，明天补那，效果未必很好。如果把读书当成吃补药，还会失去读书时应有的那份从容和快乐。这套丛书每本的篇幅都小，读者即使细细地阅读慢慢地体味，也花不了多少时间，可以充分享受读书的乐趣。如果把它们当成补药来吃也行，剂量小，吃起来方便，消化起来也容易。

我们还有一个用意，就是想做一点文化积累的工作。把那些经过时间考验的、读者认同的著作，搜集到一起印刷出版，使之不至于泯没。有些书曾经畅销一时，但现在已经不容易得到；有些书当时或许没有引起很多人注意，但时间证明它们价值不菲。这两类书都需要挖掘出来，让它们重现光芒。科技类的图书偏重实用，一过时就不会有太多读者了，除了研究科技史的人还要用到之外。人文科学则不然，有许多书是常读常新的。然而，这套丛书也不都是旧书的重版，我们也想请一些著名的学者新写一些学术性和普及性兼备的小书，以满足读者日益增长的需求。

“大家小书”的开本不大，读者可以揣进衣兜里，随时随地掏出来读上几页。在路边等人的时候，在排队买戏票的时候，在车上、在公园里，都可以读。这样的读者多了，会为社会增添一些文化的色彩和学习的气氛，岂不是一件好事吗？

“大家小书”出版在即，出版社同志命我撰序说明原委。既然这套丛书标示书之小，序言当然也应以短小为宜。该说的都说了，就此搁笔吧。

写在前面的话

金文男

一本父亲当年以“狮子搏兔之力”撰就的《夜阑话韩柳》再次放在了我的写字台上，这已是在整理完父亲全集、集外文之后的又一次“晤对”，看着这本浅灰底色、玲珑精巧的香港中华书局初版的“诗词坊”小书，我感到亲切、慰藉；此书初版于1991年6月，至今仍为读者喜爱，在继《闲坐说诗经》入选北京出版集团的“大家小书”后，再获入选，我感叹父亲文字乃至文章的愈久弥香的生命力，已经超出了父亲写作时的预期。

我查检了父亲当年相关的日记：

> 1988年8月27日，星期六　上午，文男陪钟洁雄来，欲以“诗词轩丛书”编事相托，殊出意外。下午，即拟丛书之写作要求及选题，并致钟洁雄信。……文男来，相与谈丛书事，初步拟定作者名单。

1988年8月29日　温度稍升。十二时，与文男同至锦江，钟女士邀我饭于餐厅，即将草案交彼，彼云每本拟致主编费港币五百元。

1990年3月31日，三月初五　夜，始撰《韩柳》。

1990年9月23日，今日秋分　今日起，重新审阅《夜阑话韩柳》。

1990年9月26日，星期三　晴。审阅《夜阑话韩柳》。即将寄港矣。

1990年9月27日　整理《韩柳》毕，编目录，致卢建业函。

从中可知父亲主编此“诗词坊丛书”启动于1988年8月，而他亲自撰写的其中第二本《夜阑话韩柳》（第一本即《闲坐说诗经》）的写作则始于1990年3月，毕于1990年9月，期间父亲克服了母亲因中风而病重、去世所带来的种种体力和精神上的痛苦，以及自身病痛的煎熬，以顽强的毅力，并以“狮子搏兔”般的文学写作之力所完成。父亲当年是怎么也想不到“诗词坊丛书”，后来会经台湾汉欣文化事业有限公司再版、江苏古籍出版社再版、北京中华书局再版（以上皆为父亲在世时重版），而今他的这两本小书又入选北京出版集团的“大家小书”，父亲泉下有知，当可欣慰有加了。

这次开卷重读，不免再次被书中所述先贤诗人的忠诚和义举所感动，举一例：柳宗元于唐顺宗时，曾参加王叔文革新集团，任礼部员外郎。宪宗即位，王叔文集团受到打击而失败。他被贬为永州司马，后又改柳州刺史。当他将贬柳州时，刘禹锡也将贬播州（今贵州遵义市），他因与禹锡是同年及第，又看到刘母在堂，一去势将母子永诀，便要求对调。后来大臣也为禹锡申请，遂改任连州。父亲在《政见与友情》一文中评论道：“仅此一举，其人足传。”又云：“（韩愈作）《柳子厚墓志铭》是纯粹的散文，却是以诗人的忠诚和激情，追溯亡友的风义和委屈。凡是优秀的抒情文，也必寓有诗的气质。”还说：“韩愈为柳宗元写墓志铭和祭文，曾经受到别人的指摘，因为宗元是逐臣，即使在一瞑之后，还应该避嫌疑，但韩愈还是写下来了。韩愈对宗元有不满处，因为宗元参加过为韩愈痛恨的王叔文集团，《柳子厚墓志铭》中说宗元‘勇于为人，不自贵重顾藉’，便是惋惜中含责备之意。在这一点上，两人的政见是不同的，但政见归政见，友情归友情，作为两者之间的枢纽是正直。诗人才有此心声。”父亲当年的评论是客观公允的，是真正了解诗人的人格品性的。也正因了父亲那些文史随笔中的随处可见的点睛之评，更增添了他的文字的深刻性和渗透力。

书中《永州二寺》一文的末尾有这样一段："他（柳宗元）的《与崔策登西山》有云：'蹇连困颠踣，愚蒙怯幽眇。非令亲爱疏，谁使心神悄？偶兹遁山水，得以观鱼鸟。吾子幸淹留，缓我愁肠绕。'诗意先叙贬逐之苦，使自己闭塞得连精深奥妙的道理也害怕领会，下两句隐喻孤独带来的愁闷，因而希望崔策能长留于此，以消解他的百结愁肠。这诗是废居八年后作的，但崔策是不可能长留的，最后还是离他而去，宗元曾作序送他。诗人也更为寂寞了。人有时需要寂寞，然而寂寞过久，那滋味也是难以经受的，何况是诗人！"父亲这里评介柳宗元是寂寞的，因他自己有深切的感受。父亲晚年因种种原因是非常寂寞的，但也正因为"有时需要寂寞"，才写出了那么多至今都颇受读者喜爱的文字，"然而寂寞过久，那滋味也是难以经受的"，何况是像父亲那样"聪明，有才气"（王任叔在父亲二十三岁时对他的评价）的作家，所以他会得忧郁症；但也正因为"寂寞""忧郁症"的煎熬，他的文字才更孤傲、通达，他的评论也更锐利、深刻；也更迫使他勤于笔耕，视写作为生命、为唯一乐趣，才留下这飘逸着笔墨清香的600万文字，并涌动着愈久弥香的生命力！

最后，录此书封底的一段或许出自父亲亲撰的文字，作为对此书的简介：

韩愈、柳宗元，为中唐文坛的两大巨擘，合作推动的古文运动，波澜壮阔，唯陈言之务去，一洗雕琢骈俪、理气不足的六朝文风，文起八代之衰。

诗作方面，韩诗诡奇、跌宕，后世以为晦涩、然亦另辟蹊径，骨力尽现；柳诗清高、悠远，将山水诗发扬光大，成一代的风流，亦世无异议。

本书即以诗作为主，贯串韩、柳的生平事、升沉起落、以简短有力的篇幅、缕缕细述，力求重现诗人的人格面貌。

今天正是父亲辞世8周年纪念日，愿此文化作缕缕青烟，飞往另一个世界的父亲膝前！

2015年7月15日

目 录

政见与友情

谈到韩柳，必然要谈到唐代古文运动。古文运动的倡导者是韩愈，柳宗元则是积极的支持者。这一运动的宗旨是要恢复先秦两汉的文章传统，简言之便是复古。如果按照现代的习惯说法，复古等于是保守、倒退的代名词，可是在韩柳时代，却是推陈出新，一反六朝以来柔靡浮华、陈陈相因的骈文的僵化程式，重新创立一种清新自由的文体，语言也比较接近民间，所以能从文坛流行到社会，进而在政治生活中起了重大作用。

古文运动的发生和发展，有其特定的时代背景，不是一朝一夕的事。在韩柳之前，早已有陈子昂、李华、柳冕等在提倡古体，到了韩柳，便水到渠成。然而韩柳在古文运动中所以有此卓著的成绩，不仅因为他们有理论上的阐扬，更重要的，还在于有自己的创作成果，我们只要看看他们写的议论文、记事文、抒情文，要是用骈体来写，效果就要大减，内容是不能不

韩愈

受形式的制约的。人们将古文和骈文两种文体一比较，取舍抑扬，立即分明。

但韩文能够赢得大众的爱好，也还是经过一番曲折，韩门弟子李汉在《昌黎先生韩愈文集序》中，说韩愈在“大拯颓风”过程中，“时人始而惊，中而笑且排，先生志益坚，其终人亦翕然而随”。最终为什么能使人们“翕然而随”呢？作品本身是决定性的因素，就像政治家能取得人民的爱戴，首先决定于他们的治绩。

任何文学运动，理论上的宣传固然必要，但理论到底不能代替创作。读者看了理论，懂得了一番大道理，但创作上如果站不起来，理论便成为肥皂泡。“五四”的白话文运动，如果没有胡适、周氏兄弟等的作品，形势就大不同。宋初的西昆体略如唐初的骈体，当时反对的人也很多，石介就是其中的一个，但石介本人作品的艺术性较差，到了欧阳修出来，才给诗风以重大的转变，因为欧公在诗文上确有他自己的特色，在宋代的古文运动中，他使韩愈的精神复活了。

韩愈和柳宗元的缔交，当在德宗贞元十九年（803），即同在长安的监察御史任内。他们在艺术上各有魅力，性格上也不同，在政治上，韩愈一贯反对藩镇（地方军阀）割据，反对国家分裂，力求稳定统一，在忠实于唐王朝这一前提上，和柳宗

柳宗元

元是完全一致的，但在对王叔文集团的态度上，却是相反的：柳是这一集团的参加者，后来因此而遭谪逐，韩却对王叔文很痛恨，斥为小人。王叔文企图接收宦官兵权，抑制藩镇势力，在当时固有进步意义，但其人也颇专擅，韩愈疑心他自己之贬阳山是受王叔文集团的排挤，因而怀有偏见，并对柳宗元不满，可是仍很尊重他。

宪宗元和十四年（819），柳宗元在柳州逝世后，韩愈就写过《祭柳子厚文》《柳州罗池庙碑》《柳子厚墓志铭》三文。《祭柳子厚文》是四言韵文，《柳州罗池庙碑》后附以《骚》体的诗，《柳子厚墓志铭》是纯粹的散文，却是以诗人的忠诚和激情，追溯亡友的风义和委屈。凡是优秀的抒情文，也必寓有诗的气质。

《柳子厚墓志铭》曾经记载这样一个故事：

其召至京师而复为刺史也，中山刘梦得亦在遣中[①]，当诣播州，子厚泣曰："播州非人所居，而梦得亲在堂，吾不忍梦得之穷，无辞以白其大人，且万无母子俱往

① 刘禹锡，字梦得，洛阳人，出生于嘉兴，祖籍中山（今河北定县）。

理。”请于朝，将拜疏，愿以柳（州）易播，虽重得罪死不恨。遇有以梦得事白上者，梦得于是改刺连州[①]。

刘禹锡自朗州召还至京师，宰相欲任以南省郎[②]，而禹锡却作《元和十年自朗州召至京戏赠看花诸君子》七绝，其中有“玄都观里桃千树，尽是刘郎去后栽”句，也是传世的名篇，但因语涉讥讽，触当权者之忌，便又出贬为播州（今贵州遵义）刺史。《柳子厚墓志铭》中说的“愿以柳（州）易播”，即指其事；这一事件，确也概见柳宗元的生平。千载之下，犹使人感到须眉毕现，肝胆照人，是一个名符其实的大丈夫。

韩愈为柳宗元写墓志铭和祭文，曾经受到别人的指摘，因为宗元是逐臣，即使在一瞑之后，还应该避嫌疑，但韩愈还是写下来了。韩愈对宗元有不满处，因为宗元参加过为韩愈痛恨的王叔文集团，《柳子厚墓志铭》中说宗元“勇于为人，不自贵重顾藉”，便是惋惜中含责备之意。在这一点上，两人的政见是不同的，但政见归政见，友情归友情，作为两者之间的枢

---

① 初唐狄仁杰任并州法曹参军时，同事郑崇质将充使绝域，而郑母老且病，仁杰对崇质说：“太夫人有危疾，而公远使，岂可贻亲万里之忧？”便往长史蔺仁基处，要求以己代崇质而行。其事和宗元的以柳易播有类似处。

② 唐尚书省在大明宫以南，故称为南省。

纽是正直。清人储欣在《唐宋八大家类选》中评云："昌黎墓志第一，亦古今墓志第一。以韩志柳，如太史公传李将军，为之不遗余力矣。"韩愈这篇文章，不仅在内容和技巧上力透纸背，也是友谊史上的好资料，包括柳之对刘。禹锡为宗元写过两篇祭文，在《重祭柳员外文》中有这样四句话："千哀万恨，寄以一声。唯识真者，乃相知尔。"也是真正从肺腑里说出来的，唯诗人才有此心声。

韩欧渊源

从前的读书人，谈到古代的散文，必盛称“唐宋八大家”，即唐的韩愈、柳宗元，宋的欧阳修、苏洵、苏轼、苏辙、曾巩、王安石。明初朱右把他们的文章编成《八先生文集》，其书未传世。嘉靖时，唐顺之著《文编》，于唐宋人文章除这八家外，一概不取。茅坤最崇仰唐顺之，便编成《唐宋八大家文钞》，唐、茅也成为唐宋派了。

韩柳的古文运动发生于中唐，但骈文在晚唐仍在流行，五代至宋初，浮靡柔丽的文风还很有势力，至欧阳修时，才使宋代的古文运动掀起了高潮，其中有一点值得注意的：他们不高谈先秦两汉而直接取法韩愈，而又着重于韩文的文从字顺、平易流畅，不学他奇古奥僻这一面，使语言更容易为人们所接受，清代桐城派文章所以取得成功，也因为得力于唐宋的古文。

由于宋初流行杨（亿）刘（筠）的西昆体，古文不受重视，韩愈的文集湮没了二百年。后来古文运动的先驱者柳开、穆修曾刊刻韩柳文集，但影响不大，至欧阳修出，才光复了韩文的天下。

欧阳修中进士在天圣八年（1030），隔了三十余年后，即他晚年时，写了一篇《记旧本韩文后》。文章说，他少年时住在僻陋的汉东，又值家贫，没有藏书。后来在大姓李氏家中，看见敝筐中有旧书，其中有《昌黎先生文集》六卷，却已脱落颠倒，没有次序，便向李家借归，读后“见其言深厚而雄博”，由于年轻，却未能通晓它的精义。到了十七岁，因考试落第，重读韩文，便喟然叹道：“学者当至于是而止尔。”意思说：作文必须达到那样的水平。

到了在洛阳做官时，便拿出昌黎集予以补缀，并求得其他所有旧本而校订，于是韩文大行于世，“学者非韩不学也”。

欧阳修写此文时，家藏图书已有万卷，这部韩集是贫困时向人借来的旧物，因而特别爱惜。文中通过他自身年岁、家境、藏书的变化，反映了韩文由湮没而风行的过程。人到晚年，尤恋旧物，这旧物却是书本。他又指出，那些时髦的媚俗的文章，如杨刘的“时文”，只能作应付科举、猎取声名、夸荣当世的工具，其实还是出于势利之心，他之爱好韩文，却是为了补偿素志。他为官数十年，所以能够进不为喜，退不为惧，韩文对他是起了重大作用的。

欧阳修在散文之外，用诗歌称赞韩愈的也有几首，如读石介《徂徕集》后，称石氏“问胡所专心？仁义丘与轲。扬雄韩愈氏，此外岂知他”。《菱溪大石》的“嗟予有口莫能辩，叹息但以两手扪。卢仝韩愈不在世，弹压百怪无雄文”。《青松赠林子》的“子诚怀美材，但未遭良工。养育既坚好，英华充厥中。于谁以成之？孟韩荀暨雄”（雄指杨雄）。最著名的为《赠王介甫》：

> 翰林风月三千首，吏部文章二百年。老去自怜心尚在，后来谁与子争先？朱门歌舞争新态，绿绮尘埃试拂弦。常恨闻名不相识，相逢樽酒盍留连？

此诗作于至和三年（1056）。在这之前，曾巩屡次向欧阳修推荐王安石，到了这一年，安石乃拜访，由此缔交。论辈分，安石是后辈（这一年为三十五岁）。

第一句的“翰林”指李白，第二句的“吏部”，胡仔《苕溪渔隐丛话》引《曼叟诗话》，以为指南朝齐吏部侍郎谢朓。却是错的，也许因为李白很欣赏谢朓诗句而联想到。欧诗中的“风月”指诗歌，“文章”指古文，原是诗文分指，谢朓却不以古文著名。韩愈至欧阳修时约二百余年，谢朓却有五百年光景。欧阳修《唐韩愈罗池庙碑》文中即称“唐尚书吏部侍郎韩愈撰”，梅尧臣也有《拟韩吏部射训狐》诗，皆可证欧诗的“吏部”原指韩愈。五六两句，则指安石不随流俗，爱好古文。

但王安石却不很喜爱韩愈，其《奉酬永叔见赠》有“他日若能窥孟子，终身何敢望韩公”，次句并非谦逊，实是指不想学韩公的样，在下篇《王文公与韩文公》中将作为专题来谈。

至于欧阳修本人，他是始终尊重韩愈的，诗文创作上也很受韩愈的影响，他谪夷陵令时，至浔阳琵琶亭，有“今日始知予罪大，夷陵此去更三千”句，便是翻韩愈《武关西逢配流吐蕃》中的“我今罪重无归望，直去长安路八千”句意。苏轼就说欧阳修是宋朝的韩愈，邵博《闻见后录》卷十八也有“永叔自要作韩退之”的话，后人因而又将“韩欧”联称，如元好问即有“九原如可作，吾欲起韩欧”语。王世贞《题归震川遗像赞》：“千载唯公，继韩欧阳。”因为归有光是唐宋派古文的名家，所以说他是韩欧的继承者。

不但如此，韩愈的以文为诗的缺点，在欧诗中同样存在。这也是不难理解的：由于在古文上用力深厚，往往不自觉地会在诗歌上出现这种倾向。方回《跋僧如川诗》，又举了一个很有趣的例子：韩愈、欧阳修都不喜欢佛学，却喜结交僧人，韩门有惠师、灵师、广宣、大颠等，欧门有秘演、惟俨等。到了苏轼、黄庭坚，则既爱佛学，又爱交僧人了。王安石《和平甫招道光法师》所谓“古人诗字耻无僧”。

王文公与韩文公

王安石对韩愈的不满，在北宋人中是突出的一个。清人蔡上翔《王荆公年谱考略》卷五，竭力为安石掩饰，正见得王对韩的不满要由他的信徒曲为辩护。安石的《说性》《原性》二文，就是针对韩愈的。还有一篇《伯夷》，也是和韩愈唱反调。他以为伯夷如果不死，一定会归附武王，所以韩愈因袭司马迁不食周粟之说而作《伯夷颂》是大错误。那么，伯夷最后为什么未食周粟？据王安石推测，也许因为年事已高，无法跋涉数千里之遥从海滨赶到周都，乃使有志未遂，死于北海，也许死于半路上了。安石是一本正经说的，却使人感到像小说家之写演义。其实，伯夷避纣之暴政是一回事，殷室既亡，他成为殷朝的白首遗老，不愿再食周粟，也是很自然的事，两者在伯夷身上是统一的。

用诗歌来表示不满的，除了前举的《酬永叔见赠》外，还有《秋怀》的“韩公既去岂能追，孟子有来还不拒”，和“他日若能窥孟子，终身何敢望韩公”正相贯穿。俞文豹《吹剑录》说：韩、王皆好孟子，皆好辩，“三人均之为好胜！孟子好以辞胜，文公好以气胜，荆公好以私意胜”。说得很风趣又很中肯，这三位大家确是不让人的。安石又有《韩子》云：

纷纷易尽百年身，举世何人识道真？力去陈言夸末俗，可怜无补费精神。

这是讽刺韩愈至死未悟真道，末句袭用韩愈《赠崔立之评事》的“可怜无益费精神”句，实是反唇相稽。《送潮州吕使君》云：“不必移鳄鱼，诡怪以疑民。”这倒说得对，韩愈在潮州以祭文驱鳄鱼，就把自己扮成张天师作法了。钱锺书《谈艺录》说：古来薄韩者多姓王，安石之外，还有宋之王令，明之王守仁。王令《采选示王圣美葛子明》，曾说韩愈早年作诗，颇以豪横自恃，晚年志得意满，常以金玉自慰，并以世俗之好，与妻子相语。这是指韩诗《南内朝贺归呈同官》和《示儿》。韩夫人卢氏，封高平县君[①]曾入朝宫中，所以

①县君，妇女封号。唐代以五品官的母、妻为县君。旧小说中称人为院君，即县君之讹。宋徽宗以后，废郡君、县君之称，改为夫人、淑人。

王安石

韩诗有“澒荡天门高，著籍朝厥妻”语，王令乃以“安知九列荣，顾是德所累”讥其势利虚荣，也很中肯。但王令对韩愈还是尊敬的，如《韩吏部》云：“宣尼夹谷叱强齐，吏部深州破贼围。始信真儒能见用，可谓邦国大皇威。”这是指镇州之乱时，韩愈奉诏宣抚，说服王廷凑故事。王守仁《示诸生》，就干脆说“只从孝弟为尧舜，莫把辞章学柳韩”了。

钱氏分析王安石所以不满韩愈的原因，“殆激于欧公、程子辈之尊崇，而故作别调，‘拗相公’之本色然欤”。其中有负气，也有“逆反心理”。

钱氏又历举王诗从韩诗偷语偷意偷势的许多例子，如王诗《怀钟山》的“何须更待黄粱熟，始觉人间是梦间”，即本韩诗《遣兴》的“须著人间比梦间”。《元丰行》得意语的“田背坼如龟兆出”，《寄杨德逢》的“似闻青秧底，复作龟兆坼”，也本于韩诗《南山》的“或如龟坼兆，或如卦分繇”。《游土山示蔡天启》的“或昏眠委翳”四句，《用前韵赠叶致远》的“或撞关以攻”十二句，全套《南山》“或连若相从，或蹙若相斗。……”《和文淑湓浦见寄》的“发为感伤无翠葆，眼从瞻望有玄花”，又本于韩诗《次邓州界》的“心讶愁来惟贮火，眼知别后自添花”，而“玄花”两字，则本于韩诗《寄崔立之》的“玄花著两眼”，即是自怜衰疲，两眼已生黑花，用上这两个字，便成为诗的语言。刘壎《隐居通议》卷六、卷十一，谓安石绝句，实发机于韩愈“天街小雨润如酥”一绝，“虽殊欠骨力，而流丽闲婉，自成一家，宜乎足以名世”。安石七绝，在宋人中确实算得上数一数二，刘氏这样说，也等于提高了韩诗七绝的地位。

下面抄录韩、王七绝各一首：

五月榴花照眼明，枝间时见子初成。可怜此地无车马，颠倒青苔落绛英。

《榴花》

春归幽谷始成丛，地面芬敷浅浅红。车马不临谁见赏，可怜亦解度春风。

《石竹花》

韩张交谊

张籍，字文昌。贞元十五年（799）北游时经孟郊介绍，在汴州认识韩愈。韩愈为汴州进士考官，推荐张籍。次年在长安进士及第，任秘书郎。韩愈为国子祭酒（相当于今日教育总监），荐张籍为国子博士（教授官）。在韩门弟子中，他是著名的一个，两人因而常有诗篇赠答。

韩愈的《病中赠张十八》为汴州初见时之作，从诗中看，张籍的性格很倔强伉直，谈话时曾有争辩，韩诗比之为两军角逐，最后为韩愈制服，就像孙膑在马陵树下之败庞涓一样。次年又作《此日足可惜一首赠张籍》的五言长诗。当时韩愈在徐州，一听到张籍入城，便以车去迎接，相见之余，常常从早谈到深夜。这时孟郊在会稽，李翱游浙江，张籍到来，自然使韩愈很高兴。等到张籍要回故乡，更为恋恋不舍，即以第一句的“此日足可惜”为篇名，末段说：“淮之水舒舒，楚山直丛从。子又舍我去，我怀焉所穷？”张籍的故乡是和州，即今安徽和县，所以有淮水楚山的话；但这两句原是对句，为什么不说“淮水徐舒舒”而偏要写成“淮之水”？这是因为故意要避开属对，使文句古健。

还有一首五古，篇名叫《赠张籍》，内容却是称誉他儿子韩昶（即韩符）自小聪明好学，因为张籍教过韩昶书，并对韩愈祝贺说：“此是万金产。”所以韩愈非常得意，在诗中表现了“誉儿癖”。他还有一首《符读书城南》，后人颇有讥评，说是教子取富贵，黄震《黄氏日钞》卷五十九说：“世多讥其以富贵诱子，是固然矣。然亦人情诱小儿之常，愈于后世之饰伪者。”说得很平实。所谓富贵，无非做官发财，果真通过读书取得，还是心安理得，不至脸红。韩愈一向以道统为已任，后人又将他看得高不可攀。树大招风，于是对他的衡量，就用特别巨大的尺子。

韩愈上距李杜百余年，当时人们对李杜诗评价不一，有的还加以贬抑，韩愈颇为不平，在《调张籍》中开头便说：“李杜文章在，光焰万丈长。不知群儿愚，那用故谤伤。蚍蜉撼大树，可笑不自量。”李杜并称，自韩愈始。末段说：他希望能长上翅膀，远逐八方，和前辈的李杜精诚相通，使千奇百怪的诗境进入心肠，并希望还在地上的友人，不要为经营俗务而忙禄，也应该飞上垂着霞珮的高空，和他一同翱翔上下，追求李杜的精神。题目的“调”为调侃，含有开玩笑的意思，因为诗中有许多想入非非的构思，所以用“调”字，这又见得韩愈对张籍的期望。

韩愈以古风著称，但七绝也常有佳作，如《早春呈水部张十八员外》：

天街小雨润如酥，草色遥看近却无。最是一年春好处，绝胜烟柳满皇都。

此诗之魂在第二句，透示了北方的早春草色，但第一句也非泛笔，正见得小雨润物之功。苏轼《赠刘景文》：“荷尽已无擎雨盖，菊残犹有傲霜枝。一年好景君须记，正是橙黄橘绿时。”这是写深秋或初冬。二诗的词语虽不同，而皆以浅语遥情曲尽时令的特征。

张籍也有好几首诗赠韩愈，其中有的写游踪，如《同韩侍御南溪夜赏》：“喜作闲人得出城，南溪两月逐君行。忽闻新命须归去，一夜船中语到明。”南溪（在长安）之游，也是两人友谊中最值得怀念的。因为韩愈将受新命而离去，所以两人在船中一直谈到天明。其他几首，对韩愈也很推崇。韩愈逝世后，又写了五言的《祭退之》诗，长达八九百字，记叙了他和韩愈的交往始末，“公文为时师，我亦有微声，而后之学者，或号为韩张”，似亦微露得意之状。末段说，韩愈病重时，对来访的客人都谢绝，唯有张籍，可以直入卧室，并将“遗约”要张籍署名，即以身后之事相托。

然而交谊的深挚，并不等于学术思想上的完全一致，这里可举对《毛颖传》的看法为例。

韩愈的《毛颖传》是一篇“设幻为文”的寓言，内容讽刺当时的当权者，后人多所称誉，李肇《国史补》称为“真良史材也”。可是反对他的人也有，裴度和韩愈是很友好的，他就深为不满。《旧唐书·韩愈传》，则斥为“此文章之甚纰缪（谬）者”。张籍还写信给韩愈，劝韩愈不要写“驳杂无实之说”，“绝博塞之好”，因为这些文章有损于“令德”。信中主要指《毛颖传》。韩愈写了两封信回答他，说从前孔夫子也是不废游戏的，《诗经》中不是说“善戏谑兮，不为虐兮”么？《礼记》也说“张而不弛，文武不能也”，这对“道”有什么损害呢？

《毛颖传》是一篇游戏之作，写作态度却很严肃，主旨在讽世，张籍太认真了，以为像韩愈那样以道统自居的大文豪，不应写作以兔子为主人的游戏文章，但张籍《节妇吟》中的“还君明珠双泪垂，恨不相逢未嫁时”的那个节妇，竟是他自己的化身，岂非更可讥为妾妇之道么？

韩愈是张籍所极度尊敬佩服的人，对尊敬佩服的人的言行，能够坦率地提出自己的不满之词，在这一点上，张籍还是对的。

和张籍相反的是柳宗元，当时他在谪逐之中，和中原隔绝已久，有人告诉他韩愈写了《毛颖传》，却无法见到原文，只是大笑以为怪。后来杨诲之拿了《毛颖传》来，他读了之后，感到像捕龙蛇、搏虎豹那样痛快。他觉得俳（游戏）本非圣人所鄙弃，太史公就写过《滑稽列传》，对社会就很有好处，也引了“善戏谑兮，不为虐兮”两句话。末了对“贪常嗜琐者”的反对《毛颖传》，讥为是徒劳之事（《读韩愈毛颖传后题》）。

宗元所以欣赏此文，是因为此文之奇与怪，借此“以发其郁积”。这固然和他身处穷途的心境有关，但从识见上说，确也高出于张籍，大家不妨将《毛颖传》读一读，单从它的表现手法看，对现代写作者也是很有借鉴价值的。

国王茅屋与公主山庄

韩愈的七绝，共有七十五首，艺术上的成就，在中唐诗人中，也是屈指可数的，不仅仅如著名的“天街小雨润如酥”那一首，其中也有几首咏史的作品：

丘坟满目衣冠尽，城阙连云草树荒。犹有国人怀旧德，一间茅屋祭昭王。

《题楚昭王庙》

这首诗是他过宜城县时所作，宜城今属湖北，春秋时为楚地。楚昭王是平王儿子[①]，吴王阖闾、伍子胥等攻入楚国郢

① 楚国在公侯伯子男五等爵中是子爵，但古代等级分别不很严格，所以楚、吴等国君主也自称王。

都（今湖北江陵西北），昭王出亡，后又复国归郢。

宜城太山下有个庙宇，到了汉末，官员文士数十人，朱轩华盖，相会于庙下，号为冠盖里（见《水经注》卷二十八）。可见宜城一度是人文盛地。

楚昭王的庙，另据韩愈《记宜城驿》所记：旧时高木万株，历代不敢剪伐，尤多古松大竹，所以原来的庙貌非常宏盛，这时只剩下一间茅屋。韩愈问过附近的人，说是每年十月，民众相率聚祭其前。庙后的小城，大概是昭王所居①。

这首诗和杜甫、李商隐的咏诸葛亮、隋炀帝不同，韩诗只是旅途中信笔写来，涉及具体史事的不多。前人却多有好评，宋刘辰翁说："若公绝句，正在《昭王庙》一首，尽压晚唐。"说得偏高些，却说明此诗对后人的影响。清代的何焯与辰翁有同感："意味深长，昌黎绝句中第一。"朱彝尊说："若草草然，却有风致，全在'一间茅屋'四字上。"给他说在点子上了。杨慎《升庵诗话》卷十四却不同意："今观其诗只平平，岂能冠唐人万首？而高棅《唐诗品汇》取其说，甚矣世人之有耳而无目也。"

---

① 楚王城遗址位于今宜城偏东约十五里的冈陵地上，为土筑。1977年曾发现其遗址。

杨氏说是“平平”也是事实，可是诗味就在“平平”上，尤其在“一间茅屋”上。

平王是无道之君，昭王也非了不起的英明之主，但他能复国回郢，百姓还是尊敬他。这一间茅屋，当然不是他死后就建造，也许是在唐代草草安置，这里就留给人以无穷的历史的沉思。

我们从《左传》《史记》记载的楚国事迹看，不管写得怎样生动详尽，总究是纸面上的，宜城的一间茅屋，尽管非当时楚国人民所建，然而城阙连云，草树荒芜，斜阳古道，天末风来，屋顶上的茅草却在空中飘荡，于是想起昭王的出亡与复国的故事，诗人的心中便涌现出诗化的时间，用似很不经意的平平笔调写出。

到了后来，茅草逐渐稀少零落，屋子也坍倒了，历史的回声仍在向后人震荡。我们生活着的时间里，每一个小时、每一分钟都和我们祖先生活过的时间密切相关。时间是无法征服的，诗人却使已逝的流光重现于一刹那间，虽然这力量很有限很可怜。

还有一首《游太平公主山庄》：

公主当年欲占春，故将台榭压城闉。欲知前面花多少，直到南山不属人。

太平公主是武则天女儿，起先嫁给薛绍。薛绍被诬告杀死，武则天又私杀武攸暨之妻以配公主。攸暨是则天伯父的儿子。太平公主长得丰腴修长，方额阔腮，颇有权谋，武则天以为很像她自己，特别喜爱。张易之和韦后之被杀，她都先后参加，立下大功，因而骄纵专横，又和胡僧惠范私通。田园遍及长安近区一带，穿绫罗的侍儿多至几百人，生活享受同于宫廷。唐明皇为太子时，因为英武能干，使她害怕，便阴谋杀害太子，后被太子知道，先将其党羽窦怀贞等杀死，公主逃入南山，最后被赐死（强迫自杀）。

沈佺期《陪幸太平公主南庄诗》："主第山门起灞川"，灞川出蓝田南山，和韩诗末句合看，可见山庄面积的深广。首句的"欲占春"，即是说一路上的春色都被占尽了，连长安城门外层都为山庄压住。第三句故作疑问，实际是说山庄之花一直开到终南山。"不属人"是倒叙，即当时全属于公主。

全诗至此戛然而止，用的也是淡墨，作者自己不作是非上的判断，而对是非的态度不说自明。

太平公主的山庄，后来转赐给宁王、申王、岐王、薛王了，女主人改换为男主人，换来换去，还是李家的人，反正整个的天下原是李家的。

这里还想再抄两首诗：

主家山第接云开，天子春游动地来。羽骑参差花外转，霓旌摇曳日边回。还将石溜调琴曲，更取峰霞入酒杯。鸾辂已辞乌鹊渚，箫声犹绕凤凰台。

李峤《奉和初春幸太平公主南庄应制》

沁园佳丽夺蓬瀛，翠壁红泉绕上京。二圣忽从鸾殿幸，双仙正下凤楼迎。花含步辇空间出，树杂帏宫画里行。无路乘槎窥汉津，徒知访卜就君平。

邵昇《奉和初春幸太平公主南庄应制》

这两首诗，是太平公主势盛时皇帝到她山庄命词臣唱和而作，所以题目中有“幸”字。词藻华丽，对仗工致，作者却以皇家清客的身份而陪侍。其他人写的还有，不必抄了，反正一百篇都是一个模样的。如果韩愈也有幸而参加，他也只好写这种只许媚颂、不许感慨的作品。

浓淡相交的《山石》

《山石》是韩愈一首脍炙人口的杰作，胡适《白话文学史》讥韩诗走上了魔道，对于《山石》，却称为“这真是韩诗的上乘”。

> 山石荦确行径微，黄昏到寺蝙蝠飞。升堂坐阶新雨足，芭蕉叶大栀子肥。僧言古壁佛画好，以火来照所见稀。铺床拂席置羹饭，疏粝亦足饱我饥。夜深静卧百虫绝，清月出岭光入扉。天明独去无道路，出入高下穷烟霏。山红涧碧纷烂漫，时见松枥皆十围。当流赤足蹋涧石，水声激激风吹衣。人生如此自可乐，岂必局束为人鞿。嗟哉吾党二三子，安得至老不更归？

这首名篇究竟在什么地方写的？后人说法不一，有说在岭南作的，有说在徐州作的，清方世举《昌黎诗集编年笺注》，引韩文外集《洛北惠林寺题名》：“韩愈、李景兴、侯喜、尉迟汾贞元十七年七月二十二日，鱼（钓鱼）于温洛，宿此而归”数语，以为即这时所作，又引韩愈《赠侯喜》中的“晡时坚坐到黄昏”和《山石》的“黄昏到寺蝙蝠飞”，说是“正一时事景物”，实太牵强。晡时指下午，这句是说为钓鱼而从下午坐到黄昏，《山石》是说他到僧寺时已是黄昏，他住宿的又是荒僻的寺院，只有粗糙的羹饭，和有温水而可以题名的洛北惠林寺不同。诗中全是写他单独行动，没有第二人，果真有侯喜等在内，诗中不会不提到钓鱼事。至于末了的“嗟哉吾党二三子”，原是泛指，并不包括在场的人，《论语·述而》记孔子之言：“二三子以我为隐乎”，也泛指他的门徒们。总之，这首诗写作地点待考，但并不妨碍我们的欣赏。

题目的《山石》，只是借全诗的首二字，内容和山石无关，《诗经》中已有先例。

诗人穿过山石险峻、走道狭窄的山径，到寺院时已是黄昏。蝙蝠是能飞之兽，现在的大城市中不大见得到了，笔者所见的蝙蝠，就在寺院中。自壮至老，即不再相逢。诗中如用“暮鸦飞”之类便不能突现山寺的黄昏，然而又非虚笔，也是可遇而不可求。

“新雨足”写雨下得透，和下句“芭蕉叶大栀子肥”正有因果关系。四五两句其实写山寺中没有什么特别的文物，僧人只好向他夸赞壁上的古画，随即用火照看，由于古画的粉墨剥蚀，火光又很暗弱，所以看上去稀疏模糊，隐寓失望的心情。羹饭疏粝，正见得是荒僻的小寺院，观下文的百虫绝，月入扉，其地之清幽静寂可以想见。

第二天一早，诗人独自探胜。“独去”是说没有僧人陪伴。因为烟雾迷蒙，道路都被遮没，也与“新雨足”相照应。山红涧碧，松枥十围，暗示烟雾已去。当流赤足，水声激激，则又是新雨后涧水盈急的景象。诗中没有明说季节，但人们已经可以推测是在夏天。诗人活动的时间只是第一天的黄昏到第二天的清晨，接触的空间却很广阔。这样的僧寺和景物，在旧时中国到处可见，真是要你住宿，未必感到兴趣，但读了韩愈这诗后，也许会使你神往，光是在阴暗的佛殿或山门中，瞥见蝙蝠在梁柱间卟嚓卟嚓地打着旋子，你先会吓了一跳，等到定下心来，就会对这种兽中之鸟发生兴趣。

此诗一韵到底，都用单句，不用偶句。直书所见，无意求工，全以劲笔撑空而出，一句一个境界，一个画面，“天明”六句，就像一幅早行图。后人对《山石》都给予很高评价，方东树《昭昧詹言》说：“只是一篇游记，而叙写简妙，犹是古文手笔。他人数语方能明者，此须一句，即全现出，而句法复如有余地，此为笔力。”方氏《仪卫轩诗集》卷一还有一首《游六榕寺拟退之山石》七古，可见《山石》对后人影响的深远。

查晚晴云：“屡经荒山古寺来，读此始愧未曾道着只字，已被东坡翁攫之而趋矣。”这是指苏轼的一首七古（附后）。苏轼另有一首《王晋卿所藏着色山二首》，其第二首云：“荦确何人似退之，意行无路欲从谁？雾云解驳晨光漏，独见山红涧碧时。”山水画有着色与不着色的，苏轼因王晋卿（王诜）所藏的“着色山”画幅想到韩愈的《山石》，意思是韩愈的山红涧碧之句，也可看作着色之诗。汪佑南《山泾草堂诗话》，曾说韩诗写景处句多浓丽，写感怀则以淡语出之。

苏门四学士之一的秦观，写过一首《春日》，末二句云：“有情芍药含春泪，无力蔷薇卧晓枝。”金代元好问《论诗三十首》评此两句说：“拈出退之《山石》句，始知渠是女郎诗。”秦诗固然纤柔，但各个诗人的风格原有刚柔不同的特点，元氏以“芭蕉叶大栀子肥”句来比，就说是女郎诗，也不见得恰当。陈衍《宋诗精华录》云：“遗山讥有情二语为女郎诗。诗者劳人思妇公共之言，岂能有《雅》《颂》而无《国风》，绝不许女郎作诗耶？”陈氏末语，也不符合元好问原意，因为元诗之意，并非不许女郎作诗。

秦观对韩愈倒是很崇拜的，他在《韩愈论》中曾把杜甫诗、韩愈文并提，“亦集诗文之大成者欤”。他还写过《秋兴拟韩退之》：“逍遥北窗下，百事远客虑。无端叶间蝉，催促时节去。愁起如乱丝，萦缠不知绪。日月岂得已，还复役朝暮。人生均有得，悲叹我不悟。春秋自天时，感愤亦真趣。”模拟之作，本难工整，但也已非女郎诗了。

苏轼曾作《二月十六日，与张李二君游南溪，醉后相与解衣濯足，因咏韩公〈山石〉之篇，慨然知其所以乐而忘其在数百年之外也，次其韵》：

> 终南太白横翠微，自我不见心南飞。行穿古县并山麓，野水清滑溪鱼肥。须臾渡溪踏乱石，山光渐近行人稀。穷探愈好去愈锐，意未满足枵如饥。忽闻奔泉响巨碓，隐隐百步摇窗扉。跳波溅沫不可向，散为白雾纷霏霏。醉中相与弃拘束，顾劝二子解带围。褰裳试入插两足，飞浪激起冲人衣。君看麋鹿隐丰草，岂羡玉勒黄金鞿？人生何以易此乐，天下谁肯从我归？

谢自然的疑案

西汉淮南王刘安（刘邦的孙子）好道术，信神仙，得道后举家升天，牲畜皆仙，犬吠于天上，鸡鸣于云中，后人便有白日升天的传说。可是刘安其实是因被人告发谋反而下狱自杀的。王充《论衡·道虚篇》对升天事曾有纠辨。

韩愈的《谢自然诗》中，那个白日升天的主角却是家境贫困的少女，她的内幕尤其奥妙：

> 果州南充县，寒女谢自然。童騃无所识，但闻有神仙。轻生学其术，乃在金泉山。繁华荣慕绝，父母慈爱捐。凝心感魑魅，慌惚难具言。一朝坐空室，云雾生其间。如聆笙竽韵，来自冥冥天。白日变幽晦，萧萧风景寒。檐楹暂明灭，五色光属联。观者徒倾骇，踯躅讵敢前？须臾自轻举，飘若风中烟。茫茫八纮大，影响无由

缘。里胥上其事，郡守惊且叹。驱车领官吏，甿俗争相先。入门无所见，冠屦同蜕蝉。皆云神仙事，灼灼信可传。（下略）

诗的大意说，四川南充县有个贫女谢自然，天真无知，却相信神仙，于是断绝繁华，离弃父母，入山修道。她的虔诚不为神仙感动却为魔鬼倾心，神思恍惚难以具体说明。有一天她坐在空房中，忽然云雾下降，冥冥中又听到仙乐之声。顿时白日幽晦，寒风四起，檐楹之间忽明忽暗，掠过五色之光。观众大为惊骇，吓得不敢向前。一刹那间，那女子拔地而起，飘然如风中之烟。八纮（大地的极限）茫茫，她的影子和声音都无法捉摸。地保忙把这事向官府呈报，郡守闻而惊叹，驱车到来观察，当地百姓争先恐后纷纷往观。进门后一无所见，连她的衣帽鞋子也见不到。这一来，全城哄动，都说这是千真万确的成仙事件。

接下来是韩愈抨击求仙的议论，还责备始作俑者是秦皇、汉武，流毒延续到后代而不可收拾。全诗前半段是叙事，后半段是议论，所以程学恂以为“有韵之文”。

韩愈是排斥佛道的，但他是站在儒家立场，以佛道为异端，特别是对佛教，更斥为夷狄之教。韩愈自己原也有宗教，文武周孔便是他的四大偶像，他进入文庙，见了孔子牌位，就会下跪；所以，他不是一个无神论者，相反，他相信世上确有妖魔鬼怪，诗中说：“木石生怪变，狐狸骋妖患”，他认为都是可能的。谢自然已“飘若风中烟”，他就以为是幽明杂乱，人鬼相残，被妖怪摄去了性命，因而为她的“孤魂抱深冤”而痛惜。宋人葛立方《韵语阳秋》卷十二：“韩退之集载《谢自然诗》曰：‘须臾自轻举，飘若风中烟。’人多以为上升，而不知自然为魅所着也。故其末云：‘噫乎彼寒女，永托异物群。’”葛立方也是这样看待。清人如李光地《榕村诗选》、王懋竑《读书记疑》以为韩诗是在说仙道犹鬼道，当时举世皆相信谢自然是仙去，韩愈却以为“木石生怪变，狐狸骋妖患”，便是韩愈的卓识。即是说，仙道是不可信的，妖魔却是存在的，谢自然是中魔着邪了。

不信仙道而信鬼道，这样的逻辑，今天的读者能够信服么？如果不信服，那又如何解释谢自然白日升天的疑案？

揭开这一秘密的是明杨慎《升庵诗话》卷十四：

谢自然女仙白日飞升，当时盛传其事至长安。韩昌黎作《谢自然诗》，纪其迹甚著，盖亦得于传闻也。予近见唐诗人《刘商集》有《谢自然却还旧居》一诗云："仙侣招邀自有期，九天升降五云随。不知辞罢虚皇日，更向人间住几时？"观此诗，其事可知矣。盖谢氏为妖道士所惑，以幻术贸迁他所而淫之，久而厌居，又反旧居。观商诗中"仙侣招邀"，意在言外。惜乎昌黎不闻也。然则世之所谓女仙者，皆此类耳。

这段话倒很有见识，也见得杨氏的读书有得。文中的"虚皇"，指道教太虚之神，"却还"为回到之意，但杨氏仍相信妖道士有幻术。

刘商是代宗大历时人，时代略早于韩愈。韩愈对谢自然的故事只是听说，刘商也未必见到过谢氏本人，但"却还旧居"的事情必是事实。据韩诗说，"童騃无所识"，似乎还是一个天真的幼女，据《集仙录》，谢氏的年龄是十四岁。刘商本人是相信道术的，《唐才子传》说他"好神仙，炼金骨"，也许他认为这是道门中的丑事，败坏仙道声誉，所以作诗讽刺，诗却写得委婉而微妙。

唐代女道士的风流故事，是大家所熟知的，李商隐和女道士的关系，就是著名的例子。《醒世恒言》中有一篇《勘皮靴单证二郎神》，写宋徽宗的后宫韩夫人到二郎神庙进香，有感于神的美貌，便祷告来生嫁个二郎神那样的丈夫。那一夜，她烧夜香时，二郎神果然出现于她面前。后来几乎天天都到她房里。最后，这秘密被揭穿了，所谓二郎神，却是孙庙官假冒的。

这个故事，也可和谢自然故事相参阅。

皮里阳秋的《华山女》①

《华山女》和《谢自然诗》是姊妹篇。沈德潜《唐诗别裁集》说："《谢自然诗》显斥之，《华山女诗》微刺之。总见神仙之说惑人也。"让我们看看华山女究竟是什么样角色：

> 街东街西讲佛经，撞钟吹螺闹宫廷。广张罪福资诱胁，听众狎恰排浮萍。黄衣道士亦讲说，座下寥落如明星。华山女儿家奉道，欲驱异教归仙灵。洗妆拭面着黄帔，白咽红颊长眉青。遂来升座演真诀，观门不许人开扃。不知谁人暗相报，訇然振动如雷霆。扫除众寺人迹绝，骅骝塞路连辎軿。观中人满坐观外，后至无地无由听。抽钗脱钏解环佩，堆金

① 皮里阳秋，实即皮里《春秋》，因晋代郑太后名春，晋人讳"春"字，遂改"春"为"阳"。

叠玉光青荧。天门贵人传诏召，六宫愿识师颜形。玉皇颔首许归去，乘龙驾鹤来青冥。豪家少年岂知道？来绕百匝脚不停。云窗雾阁事恍惚，重重翠幔深金屏。仙梯难攀俗缘重，浪凭青鸟通丁宁。

全诗一韵到底，和《谢自然诗》比起来，《华山女》的形象多于议论。其中有的情节，却需要揣摩。

唐代的长安城本来十分热闹，而佛道两教的盛行，和尚、道士的活跃，又使这座帝城到处传来说经之声，撞钟吹螺闹嚷嚷地深入宫廷。诗人先在次句中标出“宫廷”，然后再说民间，隐寓上行下效之意。僧人说法，必以祸福胁诱，下民无知，闻而密接聚会，如同浮萍推排。黄衣道士也想借此炫耀，听道的人却寥若晨星。这一句是写道教势力不及佛教，也是为了逗引下面主角的出场。

有一个来自华山的女道士，为了驱除佛教，于梳妆之后来到道观。她长得颈白颊红，眉毛画得长而黑，其人之妖冶可见。她升座后，不许道观大门敞开，闲人进入。这样，外界便无从知道道观内部的活动了。

不晓得是谁暗中泄露了消息，顿时像响雷一样轰动了全城，把僧寺中听经的人都转移过来，男的乘马，女的坐车，整座道观内外挤得水泄不通，后来的人已无隙地，一些妇女纷纷解下金玉首饰相赠送。前面原说听黄衣道士讲道的人很少，来了个华山女，卖座率就爆满了。

这消息又被玉皇得知，便由宫监诏传进宫，说是宫中后妃都想见见她的风采。她在宫中住了几天后，玉皇才允许她回去，于是乘龙驾鹤由天上重返人间。玉皇指宫中的皇帝，青冥指深宫。因为事涉至尊，所以故意写得似幻似真，似仙似人。一些豪门中的子弟，平时本来不晓得修道不修道，这时却像热锅上蚂蚁，向华山女百般缠绕，络绎不绝。华山女却处于云窗雾阁之中，把翠幔金屏重重遮蔽，只教人恍恍惚惚，难以窥测。

最后两句，倒真使人感到恍惚：从字面看，是说那些豪门子弟因仙俗悬殊，无法接近华山女，所以白白地枉通消息，空致殷勤，实际是要读者从夹缝里看。如果华山女真是不许那些豪门子弟入幕，则"云窗雾阁事恍惚，重重翠幔深金屏"两句，何必写得那么神秘诡异？前人已经看出这种皮里阳秋的笔法，朱彝尊便说："女道士乃作柔情语，然风致全在此。"朱熹《韩文考异》说："或怪公排斥佛老不遗余力，而于《华山女》独假借（宽容）如此。非也。此正讥其衒姿色，假仙灵以惑众。又讥时君不察，使失行妇人得入宫禁耳。观其卒章，豪家少年、云窗雾阁、翠幔金屏、青鸟丁宁等语，亵慢甚失，岂真以神仙处之哉？”说得极为警辟。王元启也以“云窗”以下“皆亵慢语”。

唐代女道士的浪漫生活，原很普遍，有的还能作诗，著名的有李冶与鱼玄机，诗中常抒发艳情，鱼玄机就写过“易求无价宝，难得有情郎”之诗。韩愈深恶佛道，人又好奇，写入诗篇，自必加上一些虚构和渲染。从文学的眼光看，这首诗写得很出色，既浓艳又飘忽，仿佛地上的洛神，从深宫的帝王到豪门的子弟，都为这个华山女而倾倒，而又以偏锋虚笔加强传奇的色彩。

我们看了全诗，就会引起一连串的疑问和遐想：华山女既然是世代奉道，志在驱除异教，那应该将她写得庄严矜持，却偏要写她“白咽红颊长眉青”。升座讲道，应该敞开大门，却偏要紧关。在道观内传道，本是光明正大的事情，诗中却说“不知谁人暗相报”。消息传开后，来的却是人山人海，难道真因为她道行高深？“抽钗脱钏解环佩”，是听众中妇女送的，难道没有男子送的？而且女道士何必受人的金玉首饰？下诏召唤，说是后妃要见华山女的容颜，出宫离去，却须经过玉皇的颔首许可。“仙缘难攀俗缘重”，正见得这种仙缘比俗缘还污浊。“浪凭青鸟通丁宁”，其实早已暗通丁宁了。查慎行评韩诗末二句云：“二句与杜老《丽人行》结处意同，而此更较含吐蕴藉。”杜甫《丽人行》的末二句为“炙手可热势绝伦，慎莫近前丞相嗔”，这是写杨国忠未到曲江时，别人还能看到虢国夫人，等到杨国忠一到，别人因恐遭国忠的恼怒，就不敢走近虢国夫人。杜诗还是正面写来，韩诗则用欲盖弥彰法，所以说“更较含吐蕴藉”。浦起龙《读杜心解》评《丽人行》说：“无一刺讥语，描摹处语语刺讥。无一慨叹声，点逗处声声慨叹。”因而发挥了讽刺艺术的最大效果。这首《华山女》也是这样。从头到尾，不见谴责呵斥之词，所以有人要说韩公对华山女有“假借”意，但我们读完全诗，这个华山女是何等样人，当时的社会风气是什么样子，不就历历在目，而有皮里阳秋之妙么?

幸运的木居士

上海老城永泰街口，原三官堂祠庙前有银杏一株，树已偏枯，半边倚壁突起而粗逾二抱，高六七丈。每年自春至秋，浓荫翠盖，如巨伞中天，背面却枵然中空，从前儿童们捉迷藏，便潜身其中，最奇怪的是，这树身竟隐约如人形，故老们还指点着说，那地方是口耳，那地方是双乳。据有关方面考察，当是南宋时代遗木，至今也已七八百年，当地人称之为“怪树”，却不曾显出什么“特异功能”。直到三四年前，忽传怪树显圣，叶汁可治百病，一时红男绿女，焚香顶礼，把一条小小的永泰街，闹得日夜不太平，以至治安人员不得不出面干预，仍是禁而不绝。

木居士的宗族可谓渊远流长，史书上叫作“木怪”。《汉书·五行志》第七：“哀帝建平三年十月，汝南西平遂阳乡，柱仆地，生支（肢）如人形，身青黄色，面白，头有髭，发稍长大，凡长六寸一分。”树木尚有生命，柱子已经过砍削，应无生气，却如生人，这就奇上加奇。古人忌讳奇异，所以看作是王德衰落的象征。其实大自然中像人的景物多得很，岂非王德永远在衰落了么？

唐大历时卢纶经过山西中条山的伯夷、叔齐庙，曾经作了一首七绝：

中条山下黄礓石，垒作夷齐庙里神。落叶满阶尘满座，不知浇酒为何人？

传说伯夷、叔齐因不食周粟饿死于首阳山，后人因敬仰他们节义，立庙奉祀。年代一久，泥像毁坏，乡人其实未必知道夷、齐的事迹，但因为庙中不可无神，塑像又很麻烦，只得搬了黄礓石来做替身。故人常以木石比喻无知之物，却又往往将它们神化。

韩愈在《谢自然诗》中说：“木石生怪变，狐狸骋妖患。”似乎他是相信木石野兽会变作妖精作祟，但他在《题木居士二首》中，却有这样的话：

火透波穿不计春，根如头面干如身。偶然题作木居士，便有无穷求福人。

为神讵比沟中断，遇赏还同爨下余。朽蠹不胜刀锯力，匠人虽巧欲何如？

贞元二十一年（805），韩愈自广东阳山贬所，遇赦量移湖北江陵，途经湖南耒阳江口时，过木居士庙而作此诗。

第二首的头两句，用了两个典故，一是《庄子·天地》：百年的树木，破开做成祭神的酒器，用青黄色来修饰，砍断不用的抛在沟中。祭神的酒器比起在沟中的断木来，两者自有美丑之分，但在丧失本性上是一样的。韩诗用这一典故，意为同样出身于木头，木居士却成为受人供奉之神，就与沟中断木不可同日而语了。二是后汉蔡邕在吴，吴人有烧桐木作柴火的，蔡邕闻火烈之声，知其为良木，便要求裁为琴，而其尾犹焦，世称焦尾琴。这是比喻某些人之被赏识，是很侥幸的。末两句意为：拆穿了说，木居士其实是废物，即使有灵巧的木匠也不能取材。

这两首诗，前人以为讥刺王叔文、王伾的弄权，是否如此，尚有疑问。但也不仅仅讽刺一些向木偶求福的愚夫愚妇。黄彻《碧溪诗话》卷二：“退之云：‘偶然题作木居士，便有无穷求福人。’可谓切中时弊。凡世之趋附权势，以图身利者，岂问其人贤否，果能为国为民哉？及其败也，相推入祸门而已。聋俗无知，谄祭非鬼，无异也。”这倒说得很得要领。“为神讵比沟中断，遇赏还同爨下余”，即指那些时来运转、侥幸暴发的新贵。从艺术上说，也是韩愈七绝中痛快明畅、音节劲爽之作。

北宋时张舜民南迁湖南郴州，中途见到木居士，便题了一首七律：

> 波穿火透本无奇，初见潮州刺史诗。当日老翁终不免，后来居士亦奚为？山中雷雨谁宜主？水底蛟龙睡不知。若使天年俱自遂，如今已复长孙枝。

诗前有一小序：“耒阳县北沿流二三十里鳌口寺，即退之所题木居士在焉。元丰初，县令祷旱无雨，析而薪之。今所事者，乃寺僧刻而更为之。予过而感焉。”使我们感兴趣的是这位县令：他本来相信木居士会显神通的，但因祈祷无灵，便把它当柴烧了，真如俗语说的“有事有神，无事无神”，可是僧人却舍不得木居士，仍然要刻一座来供养，不过已是冒牌或副牌的木居士了。

张诗中所谓的“当日老翁”指原始的木居士，五六两句是照应第一句的“波穿火透”，意思是：老树经波穿火（雷火）透本无甚奇怪，如今重新换了一位木居士，又有谁来主宰它呢?

张舜民字芸叟，因坐元祐党祸而谪郴州，所以诗中也多牢骚情绪，他又有一首《纨扇》：“纨扇本招风，曾将热时用。秋来挂壁上，却被风吹动。”这也是讥讽宦海风波的起伏：执政时弄权恃势，呼风唤雨，失意时被搁在一边，反受秋风的作弄。

一根木头，本应受刀锯之苦，由于年久朽蠹，不中巧匠之意，遂弃而不用，只因形状像人，便赢得无数信徒的磕头作揖，谪贬的诗人又为它赋诗吟咏，木居士也算得有运气了。

联句的源流

古人诗集中，常有以“联句”为题目，韩愈集中就很多。这又是哪样一种体裁，它的起源又怎样呢？

汉武帝曾在京城北阙内筑柏梁台，置酒台上，与群臣赋诗，每人一句，两句用韵，后人称之为柏梁体：

日月星辰和四时。（武帝）
骖驾驷马从梁来。（梁王）
郡国士马羽林材。（大司马）
总领天下诚难治。（丞相）
和抚四夷不易哉。（大将军）
刀笔之吏臣执之。（御史大夫）
撞钟伐鼓声中诗。（太常）
宗室广大日益滋。（宗正）（下略）

每句诗内容，都要切合作者自己的身份、职责。但这首诗是否为汉武帝时作品，颇有疑问，从诗的修辞看，实很庸陋粗糙，不过，即使是后人依托，时代还是比较早的，也可看作联句的起源。

从此便有了柏梁体的名称，后世仿效的纷起，《唐诗纪事》记景龙二年（708）十一月十五日中宗五十岁诞辰，在内殿宴群臣时，也有联句之作，下面摘录一段：

润色鸿业寄贤才。（中宗）
叨居右弼愧盐梅。（李峤）
运筹帷幄荷时来。（宗楚客）
职业图籍滥蓬莱。（刘宪）
两司谬忝谢钟裴。（崔湜）
礼乐铨管效涓埃。（郑愔）
陈师振旅清九垓。（赵彦昭）
忻承顾问侍天杯。（李适）

诗的内容也和柏梁诗一样庸陋猥琐，上下左右，皆无联系，只因主人是皇帝，群臣受宠之余，自然分外小心谨慎，竭力以卑词谄色讨好圣心，有些人本非诗人，虽身居朝廷的高位，实同皇家的清客。

可是到了韩、孟之手，情趣功力便大不相同。

韩愈和孟郊是好友，后世常以韩孟并称，欧阳修所谓“韩孟于文词，两雄力相当”。在韩、孟联句中，《斗鸡联句》是著名的一首：

大鸡昂然来，小鸡竦而待。（愈）
峥嵘颠盛气，洗刷凝鲜彩。（郊）
高行若矜豪，侧睨如伺殆。（愈）
精光目相射，剑戟心独在。（郊）
既取冠为胄，复以距为镦。
天时得清寒，地利挟爽垲。（愈）
磔毛各噤痒，怒瘿争碨磊。
俄膺忽尔低，植立瞥而改。（郊）
腷膊战声喧，缤翻落羽皠。
中休事未决，小挫势益倍。（愈）
妒肠务生敌，贼性专相醢。
裂血失鸣声，啄殷甚饥馁。（郊）
对起何急惊，随旋诚巧绐。

毒手饱李阳，神槌困朱亥。（愈）
恻心我以仁，碎首尔何罪。
独胜事有然，旁惊汗流浼。（郊）
知雄欣动颜，怯负愁看贿。
争观云填道，助叫波翻海。（愈）（下略）

斗鸡的风俗，先秦时就已盛行。《左传》昭公二十五年，记载着一件很有趣的故事：季氏和郈氏斗鸡，季氏给鸡套上皮甲，郈氏给鸡安上金属爪子，结果季氏的鸡斗败，季平子发怒了，在郈氏那里扩展自已住宅，还责备郈家，两家为此结成怨恨。《史记·鲁周公世家》又说季氏捣芥子播其鸡羽，这样，鸡张翅起，便将郈氏鸡的眼睛蒙住了。

《战国策》记齐国国都临淄很繁荣富裕，民间便以斗鸡走狗为日常游戏。唐明皇也很喜欢斗鸡，杜甫《斗鸡》故有“斗鸡初赐锦”语，杨国忠最初也以斗鸡供奉内廷而为进身之阶。所以，韩、孟联句中写的，有些是亲自目睹。

参战的两方是一大一小，昂然来、若矜豪，是写大鸡的倨傲自负，竦而待、如伺殆，是写小鸡的戒惧警备。目相射、心独在，是由外形到内心：各露锐眼，窥伺动静，互怀置敌于死地的狠毒之心。北齐李义深心胸险峭，被人称为“剑戟森森李义深”。这句“剑戟心独在”当是用此典。鸡无盔甲和利器，却有冠与爪。镦是矛戟柄末端的铜套，借喻爪之锐利。“天时”两句点明作战在秋冬之间。“磔毛”四句，写作战前的紧张神情：毛羽竖起而噤不作声，颈瘤膨胀得畸形，姿势忽高忽低，捉摸不定，直立之后，一瞥之间，却又改变。何焯《义门读书记》说：“是两鸡空斗未相搏时，俗所谓打拼脚。”

接来写进入搏斗，只见战声喧天，白羽落地，中间略作休息，而最后胜负尚未分明，一方虽受小挫而锐气更加昂扬。总之各有忌心，满怀敌意，不惜以性命相戕害，使对方成为肉酱才痛快。到了后来，一方已裂血失声，一方欲啄其殷（赤黑的血色）以充饥饿，于是又急惊而起，以相周旋，“巧绐”意即游斗。后赵李阳，性刚愎，曾和邻居石勒扑打。战国时大梁人朱亥，有勇力，曾以铁椎杀魏将晋鄙。这里比喻两鸡相斗时的暴烈狠辣。以下是观战后的慨叹，叹鸡之自相残杀。从“知雄欣动颜，怯负愁看贿”两句看，斗鸡主的胜利一方，固然眉开眼笑，洋洋得意，失败的一方却为要拿钱出来而愁苦，可见当时还具有赌博作用，就像现代的跑狗、跑马一样，只是狗、马本身，不会因失利而丧命。

陈沆《诗比兴笺》：“刺当时朋党恩怨争势死利之徒，为权门之鹰犬，快报复于睚眦者。”韩孟原诗未必特为朋党恩怨而作，但字里行间，确有讽世之意，因人禽虽然殊途，而好斗则易使人产生共通性的联想。

朱彝尊云："咏物小题，题外不增一字，而豪快动人，古今罕埒。起一段精神踊跃，使读者即如赴鸡场观角伎，陡尔醒眼。"评得很中肯。小题大做，也须有才情者方能做得像个样子。

从联句到慰唁

孟郊，字东野，湖州武康（今浙江德清）人。早年贫困，到四十六岁才登进士第，唐人将他的诗风看作元和体的一种。韩愈对他很赏识尊重，现在还在流传的“不平则鸣”这句成语，就是出在韩愈《送孟东野序》的开头一句。

韩愈诗集中的联句，除《石鼎》和《晚秋郾城夜会》两首外，都是和孟郊搭档的。这不仅由于两人友谊的深厚，也因为诗风有相近处。韩愈在《荐士》中称孟郊诗“横空盘硬语，妥帖力排奡”，其实也是夫子自道。刘邠《中山诗话》：“东野与退之联句诗，宏壮博丽，若出一手。王深父（王回）云：退之容有润色也。”吕本中《童蒙诗训》，记黄庭坚语：“退之安能润色东野，若东野润色退之，即有此理也。”朱翌《猗觉寮杂记》卷上，认为不但经过韩愈润色，恐皆出韩手，并以《答孟郊》观之，如“弱拒喜张臂，猛拏闲缩爪。见倒谁肯扶，从嗔我须咬”，便说：“则联句皆退之作无疑也。”这不符事实，因为韩诗中只是泛论作文技巧，和联句无关，而且此诗当作于贞元十四年，当时韩、孟还不曾有联句的活动。

韩、孟联句的方式，各篇不同，《斗鸡》是先为每人两句，然后增为每人四句，也有每人首尾皆两句，有一首《城南联句》最为别致，也是他们独创：

竹影金琐碎。（郊）泉音玉淙琤。

瑠璃剪木叶。（愈）翡翠开园英。

流滑随仄步。（郊）搜寻得深行。

遥岑出寸碧。（愈）远目增双明。

乾穟纷拄地。（郊）化虫枯挶茎。

全诗一百五十四韵，三百零八字，每两句都用对仗。此处只举十句。

按照通常的惯例，起首二句是一个作者所作，即是以成双开始。这首诗却是孟郊先作一单句，韩愈作第二第三两句，孟郊再作第四第五两句，如此轮流下去，最后韩愈又以一单句结束。这叫跨句联法。临到第二人时，必须先对好第一句，然后再作第二联上句，让对方来对，即既要对别人，又要给别人来对，比起过去的成双出句来，难度更大了。联句并非始自韩、孟，但这种跨句联却是他们首创的。后来陆龟蒙、皮日休、嵩起的《报恩南池联句》也用这种法式。

联句都很冗长，内容上实在没有多大意思，只能偶一为之，韩、孟虽皆高手，这些联句，却是雕虫小技，但其中有一首《莎栅联句》，却值得一读：

冰溪时咽绝，风枥方轩举。（愈）
此处不断肠，定知无断处。（郊）

这首诗是元和五年（810）冬作。莎栅为山谷名，冰溪指谷水。旧注说在河南永宁县西，出莎岭，东流入昌谷。

这首联句，只有二十字，格调高古，语言凝练，不失为唐人绝句中的精致之作。钱仲联《韩昌黎诗系年集释》："此当是东野失子时所为，故有断肠之语。"这固然是推测，却可备一说。

孟郊的《游子吟》，是一首万口传诵的名篇，作诗时他自己年已五十，而犹惓惓于三春之晖，故将其母裴氏迎至溧上。不料至元和三年，他的三个儿子都在几天内死去，时年五十八。他的《老恨》诗说："无子抄文字，老吟多飘零。有时吐向床，枕席不解听。”其晚景之凄凉可见。

孟郊失子后，曾作《悼幼子》一首：

一闭黄蒿门，不闻白日事。生气散成风，枯骸化为地。
负我十年恩，欠尔千行泪。洒之北原上，不待秋风至。

这个十岁的幼子，还不是他最小一个儿子。“负我十年恩，欠尔千行泪”，恩指抚育之恩，却用了“负”字，即倍见沉痛。

又有《杏殇》九首，前有小序：“杏殇，花乳也。霜剪而落，因悲昔婴，故作是诗。”这是以花苞遭霜殒落比喻婴儿夭折。今录三首：

冻手莫弄珠，弄珠珠易飞。惊霜莫剪春，剪春无光辉。
零落小花乳，烂斑昔婴衣。拾之不盈把，日暮空悲归。

儿生月不明，儿死月始光。儿月两相夺，儿命果不长。
如何此英英，亦为吊苍苍。甘为堕地尘，不为末世芳。

哭此不成春，泪痕三四班。失芳蝶既狂，失子老亦孱。
且无生生力，自有死死颜。灵凤不衔诉，谁为叩天关？

白居易也曾丧子，故有“天下何人不哭儿”语。世间一等文章，往往成就于骨肉至情上，因为是用涕泪写成的。苏轼不爱孟郊诗，主要因东坡爱痛快，对东野的愁苦辛寒之音不合他的性格，但他又承认孟郊“诗从肺腑出，出辄愁肺腑。有如黄河鱼，出膏以自煮”。王建《哭孟东野》云：“老松临死不生枝，东野先生早哭儿。但是洛阳城里客，家传一首《杏殇》诗。”可见他的《杏殇》诗感人之深广。

葛立方《韵语阳秋》卷十：“孟东野连产三子，不数日皆失之。韩退之尝有诗，假天命以宽其忧。三人者（另指白居易、元稹）皆人豪，而不能忘情如此，信知割爱为难也。”文中说的韩退之尝有诗，即指《孟东野失子》：

> 失子将何尤，吾将尤上天。女（汝）实主下人，与夺一何偏？彼于女何有，乃令蕃且延。此独何罪辜，生死旬日间？上呼无时闻，滴地泪到泉。地祇为之悲，瑟缩久不安。乃呼大灵龟，骑云款天门。（下略）

数日之间，连丧三子，而且从此绝后，对孟郊自是极大的打击。韩愈也知道普通慰唁之言，绝不能消除孟郊的怆痛，又因《杏殇》中有“灵凤不衔诉，谁为叩天关”语，因而假借神话化的设想，驱使大灵龟往天上去责问，为什么对下民如此厚薄不均？上天说，天地人三者是不相关的，我只管日月星辰，如今连日月星辰也管不住了。接下来譬慰说：有子与无子，祸福利害皆未能作为依据，“有子且勿喜，无子固勿叹”。大灵龟回来，闯进孟郊梦境，将上天之言再三告诉孟郊，意思是天命如此，孟郊也收悲为喜。

这样的诗，如果写给交情不深的人，就显得孟浪冒失，人家或许会生气，但韩、孟是“忘形交”，韩愈便有把握这样写，也符合孟诗的原意，实在也是无可奈何的办法。自然，这同时又反映韩愈好奇的创作习惯。

总之，无论联句或慰唁，都表现了韩、孟友情的深挚真切。

韩贾订交的经过

苏轼在《祭柳子玉文》中说过“郊寒岛瘦”的话，这是指两人诗风清峭瘦硬，好作苦语有相近似之处，后人常以此作为他们诗歌的特点，因此，谈起孟郊，自然也会想起贾岛，二人都是韩愈好友。

贾岛（779—843），字浪仙，范阳（今北京附近）人。早年出家为僧，号无本。元和六年（810），于洛阳谒河南令韩愈，也是韩、贾订交的开始。

明代戏剧作家吴炳，以庾长明和郑琼枝仙缘故事编著的《画中人》传奇（即京剧《斗牛宫》之所本），有这样的话：“（小旦）问他也总是不明白的。枉费推敲，喉咙间格格浑难了。”推和敲本是两种不同的动作，如果不明白它的出典，这句“枉费推敲”就不容易理会，倒要煞费推敲了。

胡仔《苕溪渔隐丛话》前集引黄朝英《缃素杂记》：刘

公《嘉话录》云：贾岛初应举赴京师，有一天，于驴上得“鸟宿池边树，僧推月下门”句。起先想作推字，又想作敲字，练之未定，遂于驴上吟哦，时时引手作推敲之势。这时韩愈以吏部侍郎权京兆尹，岛不觉冲至第三节（京兆尹仪仗的行列），左右拥至韩前，岛如实告诉。韩立马良久，对岛说：作敲字好。遂与并辔而归，留连论诗，与为布衣之交。

辛文房《唐才子传》又曾采用，影响更大，后人便把“推敲”作为思索、研讨、斟酌的别称。

贾诗的原题为《题李凝幽居》：

闲居少邻并，草径入荒园。鸟宿池边树，僧敲月下门。过桥分野色，移石动云根。暂去还来此，幽期不负言。

这是一个很有趣的故事，但真实性却为后人怀疑：（一）各本《刘宾客嘉话录》无此文。（二）韩愈任京兆尹在长庆三年（823），次年，他即逝世，而韩、贾订交早在十三年前。贾诗写的是访友人李凝幽居，荒园、草径、鸟宿、池树等都是他目见的实景，则他所见的僧人在月下门前的动作，自然也是实景，并非虚拟想象之词，敲就是敲，推就是推，二者只能居其一，无法自己选择，作品的审美价值并非由诗人随意运思，旁人更难改动。陶渊明的“采菊东篱下，悠然见南山”的“见”，一作“望”，两者相较，“见”自胜于“望”，但毕竟属于同一范畴，只是因修辞上的差别而影响到意境，贾诗的推和敲却是实质性的两种动作。

《唐才子传》又记贾岛曾跨驴张盖，横截天衢（京城的大街）。时秋风正厉，黄叶可扫，遂吟“落叶满长安”句。正在思索属联时，忽以“秋风吹渭水”为对，喜不自胜。因唐突京兆尹刘栖楚，被拘留一个晚上。

但刘栖楚为贾岛同辈好友，岛并有《寄刘栖楚》诗，此事自也不可靠。大概贾岛曾冲京兆尹是事实，也为当时人作为新闻来传播，后人又分为两事，其意在于用故事体来形容他的苦吟生活。《新唐书·贾岛传》只说：“一日，见京兆尹，跨驴不避，呼诘之，久乃得释。”这是转圜办法，也是谨慎态度。

元和五年，贾岛至洛阳，欲见孟郊而未成。到了冬天，作《携新文诣张籍韩愈途中成》诗，于雪天谒见张籍，首二句云：“袖有新成诗，欲见张韩老。”这年他三十二岁，但没有见到韩愈。至次年春天才始见到，韩愈乃作《送无本师归范阳》，可见贾岛这时还是僧人。诗的开头说：“无本于为文，身大不及胆。吾尝示之难，勇往无不敢。蛟龙弄角牙，造次欲手揽。”这是先反后正，妙于翻用，意思是贾岛后来能够勇往大胆，还由于韩愈自己指引之故。全诗主要阐述学诗之道，也记两人相识的由来。

同年秋天，随韩愈入长安，居于青龙寺，同时认识了孟郊。但贾岛何时还俗，是否韩愈督促，皆不能确知。

韩愈贬潮州后，贾岛曾有《寄韩潮州愈》：

此心曾与木兰舟，直到天南潮水头。隔岭篇章来华岳，出关书信过泷流。峰悬驿路残云断，海浸城根老树秋。一夕瘴烟风卷尽，月明补上浪西楼。

贾岛诗以五言居多，这首七言，却很流畅明润，虽遥寄谪臣，却无愁苦之音，只道相思之切。

又作了一首五言《寄韩湘》：

过岭行多少？潮州涨满川。花开南去后，水冻北归前。望鹭吟登阁，听猿泪滴船。相思堪面话，不著尺书传。

韩愈谪潮州时，侄孙湘、滂皆侍行。结尾两句，原是期望，意为相思之情，只有等到日后重见时才能当面诉说，无从在书信中表达。

后来韩愈还长安，曾游南溪，贾岛也同游，曾作《和韩吏部泛南溪》：

> 溪里晚从池岸出，石泉秋急夜深闻。木兰船共山人上，月映渡头零落云。

又有《黄子陂上韩吏部》诗，其中“溪潭承到数，位秩见辞频”两句，前者指数次泛南溪，后者指韩愈告病假事。张籍《祭退之》中的“偶有贾秀才，来兹亦问并”，此贾秀才即贾岛。

韩愈的《南溪始泛三首》作于长庆四年（824）。这年冬天，即病逝于长安。

贾岛不但诗瘦，人也瘦，他自作《和刘涵》云：“新题惊我瘦，窥镜见丑颜。”姚合《别贾岛》也说“诗仙瘦始真”，孟郊《戏赠无本》又说“瘦僧卧冰凌”。贾岛逝世后，姚合挽诗有“有名传后世，无子过今生”语，则他与孟郊又都是无后之人。

计有功《唐诗纪事》卷四十：贾岛为僧时，洛阳令不许僧午后出寺。岛有诗云：“不如牛与羊，犹得日暮归。”韩愈惜其才，俾反俗应举，赠以诗，贾岛由此而振名。另外有一首《赠贾岛》：

孟郊死葬北邙山，日月星辰顿觉闲。天恐文章中断绝，再生贾岛在人间。

这首诗实为后人伪托，因为贾岛在洛阳时，孟郊还不曾死。这和“推敲”的故事，同为韩、贾交谊史中的纸花，虽然很可赏玩，却不是真的。

诗坛怪杰

中唐诗坛，元白之外，韩愈一派，也是一个重心，用现代话说，就是一个集团，不过他们只是以文会友，没有什么组织上的关系。在这个集团中，有几个人可称为怪杰，不但作品怪，人也怪，如孟郊、贾岛、卢仝、刘叉等，还有是处于边缘的鬼才李贺。《新唐书》就把这四人附于韩愈传之后。作品之怪，主要表现在语言的使用、想象的驰骋上，这一点，和韩愈的求奇求险的创作心理有共通地方。功过优劣，后人各执一词。

其中的卢仝，韩愈还和他有创作上的合作关系。

卢仝，号玉川子。郡望范阳，原籍河南济源。玉川本井名，在卢仝家乡泷水北，一名玉泉。卢仝喜饮茶，常汲井泉煎煮，乃有此自号。又作《走笔谢孟谏议新茶》：“一碗喉吻润，两碗破孤闷。三碗搜枯肠，唯有文字五千卷。四碗发轻汗，平生不平事，尽向毛孔散。五碗肌骨清，六碗通仙灵。七碗吃不得也，唯觉两腋习习清风生。”从这首诗里，已可觇其怪气。他的身世和性格，可于韩愈《寄卢仝》开头一段，略见梗概：“玉川先生洛城里，破屋数间而已矣。一奴长须不裹头，一婢赤脚老无齿。辛勤奉养十余人，上有慈亲下妻子。先生结发憎俗徒，闭门不出动一纪（十二年）。至今邻僧乞迷送，仆忝县尹能不耻？俸钱供给公私余，时致薄少助祭祀。劝参留守谒大尹，言语才及辄掩耳。”这一段实在写得好，韩愈的自责，尤见其爱才的殷勤。这时韩愈为河南令，洛阳有东都留守、大尹，韩愈劝卢仝向他们参谒，仝即“言语才及辄掩耳”，所以卢仝到老是个处士。而对韩愈的资助，他却接受。韩愈贬国子博士时，卢仝作了五首诗表示感慨，中有“烈火先烧玉，庭芜不养兰”语，正是惺惺相惜。他的《苦雪寄退之》的“唯有河南韩县令，时时醉饱过贫家”，也可看到韩愈对他的器重。“宰相须用读书人”，就是地方官，何尝不需要有些学问呢。

卢仝家境虽很清寒，贮书却很多，他在《冬行三首》中说：“扬州屋舍贱，还债堪了不？此宅贮书籍，地湿忧蠹朽。”孟郊《忽不贫喜卢仝书船归洛》：“贫孟忽不贫，讲问孟何如？卢仝归洛船，崔嵬但载书。”这是把书看作财富，卢仝一到，孟郊也不贫了。造句形式的奇特，又是韩孟诗派的特色，特色近似，彼此感情也会相应而加深，即是说，诗派对友谊往往起媒介作用。

元和六年，卢仝曾经写过《月蚀诗》，长达一千七百余字，句式参差错综，文字怪僻诡异，现代人看来，简直是天书。诗中把日月看作天之双眼，月蚀便是天瞎一目。天怎么会瞎了眼呢！“呜呼！人养虎，被虎啮。天媚蟆（蟾蜍），被蟆瞎。乃知恩非类，一一自作孽。”即是说，对于非我族类，绝对不能开恩，开了恩，便会自食恶果。因此，他希望嫦娥“手操舂喉戈，去此睛上物”。这是把嫦娥看作女力士了。

这首诗，他所讥刺对象是谁，学者未能确定，但卢仝假此诗以讥刺权贵或时政则可肯定。

韩愈为此作了一首《月蚀诗效玉川子作》，比卢诗大为精简，下面是两诗的对比：

新天子即位五年，岁次庚寅、斗柄插子，律调黄钟。森森万木夜僵立，寒气赑屃顽无风。（卢仝）

元和庚寅斗插子，月十四日三更中。森森万木夜僵立，寒气赑屃顽无风。（韩愈）

玉川子又涕泗下心祷，再拜额搯沙土中。地上虮虱臣仝，告诉天皇。臣心有铁一寸，可刜妖蟆痴肠。皇天不为

臣立梯磴，臣血肉身，无由飞上天，扬天光。（卢仝）

再拜敢告上天公。臣有一寸刃，可刳凶蟆肠。无梯可上天，天阶无由有臣踪。（韩愈）

这里只举一例。题目上说是“效”，实际是韩愈把卢仝诗删改得很多，所以有的本子就作“删玉川子作”。诗中仍以玉川子自居，我们姑且叫它“合作”。如果友谊不密切，诗风差得过远，韩愈就不会这样做。

后人也承认卢仝原诗豪放雄快，但诗还得遵守它的规范，豪放必须有个分寸。李东阳《麓堂诗话》云：“如韩退之效玉川子之作，斲去疵颣，摘其精华，亦何尝不奇不怪？而无一字一句不佳者，乃为难耳。”这说得很公允。我们如果将韩诗单独欣赏，也确是瑰奇挺拔之作。

卢仝另有一首五古《月蚀诗》：

东海出明月，清明照毫发。朱弦初罢弹，金兔正奇绝。三五与二八，此时光满时。颇奈虾蟆儿，吞我芳桂枝。我爱明镜洁，尔乃痕翳之。尔且无六翮，焉得升天涯？方寸有白刃，无由扬清辉。如何万里光，遭尔小物欺。却吐天汉中，良久素魄微。日月尚如此，人情良可知。

意义和上一首一样，却是文从字顺，最后以天上人间相联系，虽感慨却很婉转，使人有心平气和之感。陈振孙《直斋书录解题》卷十九：卢仝“其诗古怪，而《女儿集》（曲）、《小妇吟》《有所思》诸篇，辄妩媚艳冶”。

有成就的诗人，风格总是多样化的，卢仝也是这样，例如《卓女怨》：

妾本怀春女，春愁不自任。迷魂随凤客，娇思入琴心。

托援交情重，当垆酌意深。谁家有夫婿，作赋得黄金。

这又是何等“妩媚艳冶”。末两句，也即慧眼识英雄之意。当然，在评量一个诗人的风格时，还须分别主要和次要，险怪毕竟是卢仝的主要一面。

关于卢仝之死，辛文房《唐才子传》说是因遭大和九年（835）甘露之变而亡，后人因此而定其卒年。这是不确切的。他的享年，四十余岁，近年中华书局的《唐才子传校笺》已有析辨。

灯檠与蒲鱼

灯在古代的一般家庭，妇女大多用于缝织，男子大多用于读书。宋晁冲之《夜行》："孤村到晓犹灯火，知有人家读书灯。"周密《夜归》："村店月昏泥径滑，竹窗斜漏补衣灯。"皆写夜不虚度，人不负灯。黄仲则《题洪稚存机声灯影图》："楼风刮灯灯一粟，书声机声互相逐。"这是写母子两人在书声机声中过着夜生活，而起支持作用的是灯火。

灯的架子叫檠，檠有长短之别，韩愈有一首《短灯檠歌》，却以常见的事物而深寓社会内容：

长檠八尺空自长，短檠二尺便且光。黄帘绿幕朱户闭，风露气入秋堂凉。裁衣寄远泪眼暗，搔头频挑移近床。太学儒生东鲁客，二十辞家来射策。夜书细字缀语言，两目眵昏头雪白。此时提携当案前，看书到晓那能眠？一朝富贵还自恣，长檠高张照珠翠。吁嗟世事无不然，墙角君看短檠弃。

这是一首七古，却发挥长话短说的效果。先写短檠灯不仅便于裁衣，也便于看书，所以远胜于长檠。裁衣的代表女子，妻，频频用玉搔头挑灯。看书的代表男子，夫，通宵苦读未眠。女的将灯移近床前，男的提携当案，两种动作，一样用意。长檠灯以“空自长”开始，以“照珠翠”结束，最后还是长檠灯受主人重用。

全诗逐步深入，富于逻辑色彩。由帘幕至户堂，由风露至裁衣，由思夫而流泪，由泪眼模糊而频频以簪挑灯。末句收到本题，悬崖勒马，不再添一句，何焯所谓“骨节俱灵，字无虚设”。

朱彝尊以为“裁衣二句是女子事，于前后语意不伦，删之为净”。恐怕没有透视此诗命题。全诗没有这个女主人，就像有灯而无火，有火而不明。短檠、长檠只是用途上的不同，并不意味身份上的差异，首句“长檠八尺空自长”，意谓长檠对裁衣看书不及短檠。看第三句的“黄帘绿幕朱户闭”，东鲁客似非寒士，只是这时年纪还轻，功名未曾到手，离开富贵尚远。

但这首诗的主题思想究竟应当怎样理解？

一派是讽刺东鲁客的厌旧恋新，遗弃糟糠之妻，“照珠翠”即喻新人，短檠比喻裁衣的旧人。这是最简便的理解。

另一派是“长檠高张照珠翠”的仍指原来的裁衣人。这或许出于某些读者的意外，但全诗的更深刻的社会内容就在这里。

那么，东鲁客岂非很有情义，可共安乐，并不是一个薄幸人，诗人作此诗还有什么讽世意义呢？

不知这正是诗人的《春秋》笔法：男的功名富贵到手了，女的自然叨了妻财子禄的光，也即妻以夫贵，身上的首饰也多起来了。戴在头上的珠翠是需要长檠照，才能使光彩炫人双目，短檠自然被弃在墙角，这样，本来不存在身份、等级之别的短檠、长檠，也有前卑后尊的区别了。所以，“长檠高张照珠翠”这一句，实是全诗之魂，概括了多少新贵暴发的富贵骄人的势利面目，观“吁嗟世事无不然”而尤明。苏轼谪黄州时作的《侄安节远来夜坐》，有“免使韩公悲世事，白头还对短灯檠”句，则是反用韩诗原意。

韩愈咏自己夫妇之情的，则有《青青水中蒲三首》：

青青水中蒲，下有一双鱼。君今陇上去，我在与谁居？

青青水中蒲，长在水中居。寄语浮萍草，相随我不如。

青青水中蒲，叶短不出水。妇人不下堂，行子在万里。

这是他年轻时，代他夫人卢氏作的闺思诗，用乐府体。

第一章的君指鱼；我，蒲自称。此以蒲、鱼起兴。但蒲和鱼在一起，而君与我分离，所以何焯说是“反兴”。第二章是比，意谓蒲不能移动，不如浮萍尚能相随。第三章是兴，以叶短不出水起兴，比喻古代妇女不能出门。

此诗语浅意深，炼藻绘以入平淡，也见韩愈当年少年夫妻的恩爱。但无论是《短灯檠歌》或《青青水中蒲》，说到底，还是反映古代妇女人格上没有独立性只有依附性。

中秋望天路

宫市是唐代中叶一大弊政，白居易的《卖炭翁》就是用诗歌揭露宫市的扰民。宫市的实况在韩愈《顺宗实录》中曾有记载，大意是：按照旧例，宫中要购买货物，本由官吏承任，并以相等价值付偿，到了德宗贞元末，这差使便转为宦官，宦官的手段是大家所熟悉的。看到货物，便说宫中委购，真伪难分，付的价值只抵原价百分之几，也便是象征性的，还要勒索什么门户钱、脚价钱。卖方大多是农民，往往空手回家。所以名为宫市，实为掠夺。曾经有一农民，以驴负柴至城中出售，宦官就口称宫市强取之，只给绢数尺，还索取门户钱。农民靠卖柴养一家老小，便争吵起来，殴打宦官，街吏将他捉住，上报朝廷，皇帝下诏处分这个宦官，给予农民绢十匹，“然宫市亦不为之改易”。

末一句说得非常警辟。宦官既是官，官场积弊从来就是办管办，干管干。尤其宫字当头，谁也没法认真，给绢十四，聊示皇上之圣明而已。

不想韩愈却认真起来，他任监察御史时，便以言官的身份上书数千言，德宗非但不听，还大为恼怒，便于贞元十九年（803）贬为连州阳山（今属广东）令。

宫市之弊，德宗岂有不知？撤销宫市，对皇帝毫无损失，可是对宦官却损失很大。当时宦官已手操生杀之权，连朝廷出兵，都由宦官做监军，怎么能够惹得？后来的宪宗就是给宦官杀害的。韩愈的《顺宗实录》所以遭宦官之忌，文中揭露宫市之弊，也是原因之一。

韩愈之贬阳山，原不仅由于论宫市一端，还有复杂的人事上因素，但论宫市实为一个重要原因。当时监察御史张署，也因劝谏德宗减免关中徭赋而被贬临武（今属湖南）。韩愈祭张署文，故有“我落阳山，以尹鼯猱。君飘临武，山林之牢。岁弊寒凶，雪虐风饕”语。

宪宗即位，大赦天下，他们仍不能回到朝廷。韩愈改任江陵（今属湖北）法曹参军，张署改任江陵功曹参军，在郴州（今属湖南）逗留了一些时候。这首《八月十五夜赠张功曹》即是在郴州作。

纤云四卷天无河，清风吹空月舒波。沙平水息声影绝，一杯相属君当歌。君歌声酸辞且苦，不能听终泪如雨。洞庭连天九疑高，蛟龙出没猩鼯号。十生九死到官所，幽居默默如藏逃。下床畏蛇食畏药，海气湿蛰熏腥臊。昨者州前捶大鼓，嗣皇继圣登夔皋。赦书一日行万里，罪从大辟皆除死。迁者追回流者还，涤瑕荡垢朝清班。州家申名使家抑，坎轲只得移荆蛮。判司卑官不堪说，未免捶楚尘埃间。同时流辈多上道，天路幽险难追攀，君歌且休听我歌，我歌今与君殊科。一年明月今宵多，人生由命非由他，有酒不饮奈明何？

前四句是写景。因为万里无云，一天月色，银河也看不到了。于是举酒相祝，请张署唱歌，实即吟诗。从“洞庭连天九疑高”到“天路幽险难追攀”止，都是转述张署歌辞原意。

先从南迁时荒凉艰苦的历程说起，冒九死一生之险才到达官所，就此默不作声，如同躲藏起来。虽然如此，还是有种种恐惧。床下怕蛇出没，进食怕中毒。这两句既写出海南的风土特色，也反映北方人不能适应的苦恼。

夔和皋陶都是传说中尧舜时的良臣，这里借喻宪宗即位，贤良起用。此次大赦令于八月初五日颁发，十五日前到达郴州，所以说一日行万里。大赦的范围是，处死刑者免死，谪迁、流放者召回、赦还。

可是当州官申报上去后，却被观察使扣压了。据沈钦韩注说，这时湖南观察使为杨凭，即柳宗元岳父，他自必承王伾、王叔文的意旨，使韩、张被抑。如果此说不误，那么，韩愈之厌恶二王，不是没有来由的了。

判司是唐代诸曹参军的统称，有过即受笞杖之苦。杜牧《赠小侄阿宜诗》："参军与簿尉，尘土动劻勷。一语不中治，鞭笞满身疮。"韩诗的"尘埃间"指伏地挨打，小杜诗的"动劻勷"，则含幽默味，意思是还要尘土来帮忙。杜甫《送高三十五书记》也有"脱身簿尉中，始与捶楚辞"语，说明卑官的屈辱可怜处境。

高步瀛《唐宋诗举要》云："贬谪之苦，判司之移，皆于张歌辞出之，所谓避实法也。"接着，由韩愈自己来评说，归结于命运如此，不能违背，所以还是饮酒，陶渊明《责子诗》所谓"天运苟如此，且进杯中物"。但陶诗是旷达，韩诗是牢骚。因为张署歌辞很悲苦，韩愈则故作优游，所以说"我歌今与君殊科"，即用意不同。末句"有酒不饮奈明何"的"明"，也有作为明年解的，似以作明月解为胜，即是不要为烦恼而辜负此明月。以单一"明"字指明年，很牵强；指明月，较通顺，童第德《韩集校证》卷三：“此承上省月作明，义本明白。”说得很对。

这首诗也是韩愈以文为诗的代表作，其中无一联是律句。“歌”字两见，但复韵古人多有之。

阳山之贬，新旧《唐书》说是因论宫市，另一说是因关中旱饥，韩愈上疏请宽民徭而免田租，为京兆尹李实所忌而获谴。据韩愈《赴江陵途中寄赠三学士》诗，则是为了后者。《赠三学士》也作于尚滞留湘中时，但这时二王已失败，这里只就诗中所表现的情绪而言，韩愈是有一肚皮怨气的，中间还牵涉柳宗元和刘禹锡，而对二王之败，则大为痛快，亦见宦海恩仇，如惊涛拍岸，永无宁日，持此以与前一首对照，则韩公之对酒当歌，实是矫情，远过于张歌的但道悲酸。但无论是前首或后首，在表现诗人的性格上还是统一的。

圣德与笔祸

宪宗即位后，王叔文集团受到贬逐，藩镇如蜀中的刘辟、夏州的杨惠琳等皆因叛乱而被斩。元和二年（807），韩愈任国子博士，写了一首四言的《元和圣德诗》，共一千二十四字。诗中对宪宗“文武神圣”的功绩大为颂扬。后人对此诗评价分歧，苏辙《诗病五事》以为“此李斯颂秦所不忍言，而退之自谓无愧于《雅》《颂》，何其陋也”。陈师道《后山诗话》：“少游谓《元和圣德诗》于韩文为下，与《淮西碑》如出两手，盖其少作也。”也有人说，这是在警诫藩镇。笔者觉得这首诗在表现韩愈的性格上倒很真实：一个热中的人也最易冲动，一冲动，就不惜用尽铺张和肉麻的话。

到了元和十四年，宪宗遣使臣往凤翔迎佛骨到宫廷，韩愈时任刑部侍郎，乃上表劝谏，表中举出自汉明帝至梁武帝，皆因信佛而享国短促的事例。帝王本来什么也不怕，独独怕寿命不长。宪宗之迎佛骨，无非为了祈求延年，自然览表大怒，要处韩愈以极刑，后经诸亲贵的说情，才贬为潮州刺史。

在赴潮州途中，他写了不少诗，都很精彩，如《左迁至蓝关示侄孙湘》，便是传诵的杰作。他由蓝田入商洛（今陕西商南县一带），途经商洛西北的武关，作了一首《武关西逢配流吐蕃》：

> 嗟尔戎人莫惨然，湖南地近保生全。我今罪重无归望，直去长安路八千。

唐朝制度，在西面边界擒获的吐蕃囚犯，解至南方，都不杀死。所以首二句这样说。既借苦说苦，亦以生慰生。从末二句看，他自问已无生还之望，但在《路傍堠》中，又有这样的话：

> 堆堆路傍堠，一双复一只。迎我出秦关，送我入楚泽。千以高山遮，万以远水隔。吾君勤听治，照与日月敌。臣愚幸可哀，臣罪庶可释。何当迎送归，缘路高历历。

在战国时，出武关而南，便是由秦而赴楚地。堠是记里程的土堆，五里只堠，十里双堠，就像长亭、短亭。可见他还是希望能回去的。柳宗元《诏追赴都回寄零陵亲故》也有“岸傍古堠应无数，次第行看别路遥”句。大凡流落天涯的人，看到堠子邮亭，也必分外凄怆，岁月就在一堠一亭的茫茫长途中消逝了。

到了邓州穰县的曲河驿，他又作了一首《食曲河驿》：

晨及曲河驿，凄然自伤情。群乌巢庭树，乳燕飞檐楹。而我抱重罪，孑孑万里程。亲戚顿乖角，图史弃纵横。下负朋义重，上孤朝命荣。杀身谅无补，何用答生成？

这是隐喻人不如鸟，鸟尚有庭树檐楹可以栖息，自己却因重罪而漂泊海南，与亲友别离，将图书抛弃。末句的“生成”指父母养育之恩，其实说得多余，人未到非死不可地步，谁愿意轻生呢？但上述这些诗，都是正面说的，尚无牢骚之意。

韩愈从京城长安至潮州，行程为七十余天，经过乐昌县的昌乐泷时，写过一首《泷吏》：

南行逾六旬，始下昌乐泷。险恶不可状，船石相舂撞。往问泷头吏，潮州尚几里？行当何时到？土风复何似？泷吏垂手笑，官何问之愚？譬官居京邑，何由知东吴？东吴游宦乡，官知自有由。潮州底处所？有罪乃窜流。侬幸无复犯，何由到而知？官今行自到，那遽妄问为？不虞卒见困，汗出愧且骇。吏曰聊戏官，侬尝使往罢[①]。岭南大抵同，官去道苦辽。下此三千里，有州始名潮。……圣人于天下，于物无不容。比闻此州囚，亦有生还侬[②]。官无嫌此州，固罪人所徙。官当明时来，事不待说委。官不自谨慎，宜即引分往。胡为此水边，神色久傥慌？……凡吏之所诃，嗟实颇有之。不即金木诛，敢不识恩私？潮州虽云远，虽恶不可过。于身实已多，敢不持自贺！

据旧注，县名乐昌（今属广东），泷（急流的水道）名昌乐。诗的大意说，他向泷吏询问潮州路程和风俗，泷吏垂手笑道：官人怎么如此愚蠢？譬如您在京师时，怎会知道东吴的事情，但东吴是游宦之乡，潮州又是什么地方？是罪犯才到那里去呀！我并不犯罪，何从知道？官人马上就要到潮州了，还忙着问它作甚？

---

①这句和上句的“侬”是第一人称的“我”。

②这句的“侬”指第三人称的“人们”。

韩愈闻而大为羞窘，泷吏见状，连忙说：不要见怪，这原是和官人说着玩的，我曾经因公出差自潮州回来。下面便将潮州风土说了一遍，又说：现在是圣人（指皇帝）的天下，事事宽大为怀，潮州的囚犯也有生还的。官人不要讨厌这地方了，罪犯原是应该去的，不算委屈。如今既是圣明之时，官人却远道而来，这道理不待详说，应当有自知之明，还是守着本分前往，怎么还在水边神色慌张？

韩愈觉得泷吏的所有讥责都很切实，自己幸而不受斩杀桎梏之祸，怎能不识好歹？尽管潮州又远又荒僻，对自己这样的罪臣已很优厚，岂敢不以此自庆！

前人说这诗也是游戏之作，固然不错，看看中间的某些情节，就是出于虚构，当时的泷吏不可能对刺史挖苦得那么利害，尽管是谪贬的。所以这正是借他人酒杯，浇自己块垒。最后四句，明知潮州既远而恶，却还自相庆贺，不正是反话冷话？

韩愈是大唐的文臣，他的上表劝谏，就像他写的《元和圣德诗》一样，完全出于忠诚，一心巴望唐室稳固清明，表也写得义正词严，不想为此而招来笔祸。他在一路上所作之诗，虽翻覆自认有罪，心里怎能平静？到了昌乐泷，看到水流险恶，船石相撞，随时可以发生意外。遇见泷吏时，也许有几句戏谑的话，于是内心又冲动了，借此发泄牢骚。诗人的创作心理本来容易理解。

然而在皇权时代，却还允许谪官公然说出反话冷话，尚不失为“圣人于天下，于物无不容”的“明君”。这样看来，韩愈的《元和圣德诗》也还颂扬得对。

从韩湘到韩湘子

韩愈的《祭十二郎文》是传诵的名文。他和十二郎，从小在一起，名为叔侄，实同兄弟。此文尤以至性至情，抒发“少者强者而夭殁，长者衰者而存全”的骨肉之痛，故成为祭文中的绝唱，以涕泪蘸笔端而写成。

十二郎名老成，韩介之子，谨厚能文，颇为韩愈器重。韩愈于贞元十六年（800）有《河之水二首寄子侄老成》，其一云：“河之水，去悠悠，我不如，水东流。我有孤侄在海陬，三年不见兮，使我生忧。日复日，夜复夜，三年不见汝，使我鬓发未老而先花。”用长短句的形式，寓真于淡，写两地相思之情。

老成有二子：韩湘、韩滂。韩愈因谪贬而量移袁州时，湘与滂皆相随从。韩滂卒于袁州，年仅十九，韩愈哭而葬之。韩湘字北渚，长庆三年进士，官大理丞。

一封朝奏九重天，夕贬潮阳路八千。欲为圣明除弊事，肯将衰朽惜残年？云横秦岭家何在？雪拥蓝关马不前。知汝远来应有意，好收吾骨瘴江边。

《左迁至蓝关示侄孙湘》

这是元和十四年（819），韩愈因上表而谪潮州时，至今陕西蓝田县东南的蓝（田）关时作的。古代以右为贵，以左为卑，故称贬谪为左迁。

诗的一二两句，形容得罪的迅速，朝上奏而夕贬潮州。第三句仍认为自己做得没有错。这一年韩愈五十二岁，在古人已觉是衰朽之年，但他还是想以残年为国除弊，与上句紧相贯通。秦岭在蓝田东南，即终南山别出之岭，要进入商洛，必须经过此岭。作此诗时他还在陕西境内，题目上明白写出“侄孙湘”，即第三代。

但在段成式的《酉阳杂俎》卷十九中，却有这样一段记载：

韩侍郎有疏从子侄自江淮来，学院中子弟悉为凌辱。韩愈遽令归，并加斥责。侄拜谢曰：“某有一艺，恨叔不知。”因指阶前牡丹曰：“叔要此花青、紫、黄、赤，唯命也。”乃竖箔曲尽遮牡丹丛，掘窠四面，旦暮治其根。凡七日，乃填坑，白其叔曰：“恨较迟一月。”时冬初也。牡丹本紫，及花发，色白、红、黄、绿，每朵有一联诗，字色紫，乃韩出官时诗，一韵曰：“云横秦岭家何在？雪拥蓝关马不前。”韩大惊异，侄且辞归江淮，竟不愿仕。

《杂俎》中只说“疏从子侄”，未点名韩湘。段成式是晚唐人，距韩愈时不过三四十年，而已经产生这样离奇的故事。但他也并非没有一点来历。韩愈家中确有牡丹，并作过《戏题牡丹》七律。段成式在《杂俎》中曾对牡丹的移植作过小考证，说明他对牡丹很感兴趣。其次，韩愈早年在徐州时又作过一首《赠族侄》，下半首说：“朝眠未能起，远怀方郁悰。击门者谁子，问言乃吾宗。自云有奇术，探妙知天工。既往怅何及，将来喜还通。期我语非佞，当为佐时雍。”韩愈这时也很萧条失意。这个族侄，本不相熟，所以开门见面后还要问他，他除了自认是同宗外，还说有奇术，知天工，下两句又写过去未来之事。所以这首诗本身便有些迷离惝恍。浦江清《八仙考》以为园艺家讲究变种变色的来源或方法，“或者那时已有变种的方法，而过神其说”；章士钊《柳文指要》：“成式所述韩侄治牡丹之法，与现代北京用温室烘焙不时之花，有相类似。”皆未必符合段氏原意。《杂俎》为笔记小说，内容多记仙佛鬼怪故事，所以原意纯出于志异谈怪。

到了宋代刘斧的《青琐高议》前集，便把韩湘说成“韩文公之侄”，为人落魄不羁，见书则掷，对酒则醉，韩愈责之，湘笑曰：“湘之所学，非公所知。”后来韩愈要试验他夺造化开花之术，湘便在韩愈开宴时，取土聚于盆，用笼覆之，巡酌间，湘曰：“花已开矣。”花朵上有“云横”二句，韩愈莫晓其意，并曰：“此亦幻化之一术耳，非真也。”湘曰：“事久乃验。”后韩愈赴潮途中，俄有一人冒雪而来，乃湘也，因谈向日花上之句，韩愈询地名，即蓝关，大为叹服，称为“异人”。但《太平广记》引《仙传拾遗》，又以为是韩愈外甥事。至宋元戏文杂剧，便有《韩湘子三度韩文公》《韩湘子三赴牡丹亭》等剧目，《金瓶梅》还载有《韩湘子度陈半街升仙会》杂剧。元人又将韩湘子列入八洞神仙[1]。韩湘一经变成韩湘子，便有仙凡之别，和韩愈的辈分也由第三代升为第二代。旧时丧家设筵奏乐，常有《蓝关》一曲，意为祝祷亡人升登仙

---

① 八仙的传说很早，但早期各说不同，或无何仙姑、张果老，而有徐仙翁、风僧寿或元壶子等。民间传说中的八仙，为明代以后之说。

界。《全唐诗》将韩湘、吕岩、张果等同列为仙部，收入了韩湘的两首诗，《答从叔愈诗》云：“举世都为名利醉，伊予独向道中醒。他时定是飞升去，冲破秋空一点醒。”此诗和另一首《言志》，都录自《青琐高议》。笔记或戏剧，内有怪诞故事，原可见怪不怪，堂堂御修的《全唐诗》，竟也荒诞到这个地步。《四库全书总目提要》，评《高议》所记怪异事迹，“多乖雅驯”，又云：“斧作小说，侈谈神怪可矣，士大夫以为实事，而记于家传别录，好事者又校正其异同，相率说梦，不亦傎乎？”说得非常对，然则《全唐诗》抄录《青琐高议》中的韩湘诗，岂非更是梦中之梦？

韩愈谪潮州时，韩湘二十七岁。韩诗所谓“知汝远来应有意，好收吾骨瘴江边”，当是韩愈先行，韩湘后行追上，所以才有收骨瘴江（指潮州一带）的期望。韩愈至广东增城县，有《宿曾（增）江口示侄孙湘二首》，其时两人当已在一起，后又相从到袁州（今江西宜春），这固然见得韩湘兄弟的情义，另外也还有政治上的原因，留待下一篇中再谈。

一人做事一家当

元和十年（815），韩愈在京师任中书舍人，作《示儿》诗，开头说："始我来京师，止携一束书。辛勤三十年，以有此屋庐。此屋岂为华，于我自有余。中堂高且新，四时登牢蔬。前荣馔宾亲[①]，冠婚之所于。庭内无所有，高树八九株。有藤娄络之，春华夏阴敷。（下略）"这首诗后人议论不一，苏轼以为所说皆利禄之事（《苕溪渔隐丛话》前集）。也有人为韩愈辩白。舍此不谈，单从诗中描摹的风土景物、家人亲情、友好戏娱这些情节来看，韩愈这时的家庭生活是过得很愉快美满的，他所以能有这种境遇，就因读书辛勤之故。他写此诗，便是要儿辈不要迷失本志。在《人日城南登高》中，也有"亲交既许来，子侄亦可从"语，也见

---

①荣，屋檐。

得当时亲朋子侄过从的密切。

到了元和十四年，韩愈被贬至潮州，从《左迁至蓝关示侄孙湘》的“云横秦岭家何在”这句看，他离京时家人还在长安，不久，他的家属也被迫离京了，因为罪人的家属是不准留在京城的。末两句的“知汝远来应有意，好收吾骨瘴江边”，当是指韩湘因侄孙关系，也不能留京，故而事后赶去，否则，一个谪官，何必有两个侄孙跟随至贬所呢？

他的《过始兴江口感怀》云：

> 忆作儿童随伯氏，南来今只一身存。目前百口还相逐，旧事无人可共论。

始兴江在今广东韶州，大历十四年（779），韩愈曾随其兄韩会之贬潮州相随南迁，年仅十岁，这时则因自己获罪而重至潮州。百口形容家人之多，包括仆人，但十二郎和他嗣母郑氏、乳母等皆已去世，旧人零落，更为凄怆。

韩愈有一个女儿叫女挐，才十二岁（古代用虚岁），本已患病卧床，加上惊惶和劳累，便在旅途中死于商州南的层峰驿，草草下葬。时为元和十四年二月。次年韩愈蒙赦还朝，途经女挐殡地，写下一首《去岁自刑部侍郎以罪贬潮州刺史，乘驿赴任，其后家亦谴逐，小女道死，殡之层峰驿旁山下，蒙恩还朝过其墓留题驿梁》：

数条藤束木皮棺，草殡荒山白骨寒。惊恐入心身已病，扶舁沿路众知难。绕坟不暇号三匝，设祭惟闻饭一盘。致汝无辜由我罪，百年惭痛泪阑干。

女挐死于旅途中，韩愈已赴贬地，来不及绕坟三匝而哭。《礼记·檀弓下》："延陵季子适齐，于其反也，其长子死，葬于嬴博之间。……既封（聚土筑坟），左袒，右还（围）其封且号者三。"第五句用此典故，却是死典活用。第六句为记实，写他在贬地听人传言女挐祭仪的凄凉。末两句意谓，由于受自己之罪而牵累，这种惭痛，即使多至百年，还是老泪纵横，正因家破人亡，感情也深厚自然。

长庆三年（823）十月，韩愈任京兆尹，乃将女挐尸骨移葬故乡河阳，并撰《祭女挐女文》：

呜呼！昔汝疾极，值吾南逐。苍黄分散，使女惊忧。我视汝颜，心知死隔。汝视我面，悲不能啼。我既南行，家亦随谴。扶汝上舆，走朝至暮。天雪冰寒，伤汝羸肌。

撼顿险阻，不得少息。不能饮食，又使渴饥。死于穷山，实非其命。不免水火，父母之罪[①]。使汝至此，岂不缘我。草葬路隅，棺非其棺。既瘗随行，谁守谁瞻？魂单骨寒，无所托依。人谁不死，于汝即冤。我归自南，乃临哭汝。汝目汝面，在吾眼傍。汝心汝意，宛宛可忘？逢岁之吉，致汝先墓。无惊无恐，安以即路。饮食芳甘，棺舆华好。归于其丘，万古是保。尚飨！

全文不用典故，不加藻饰，语言极为通俗，等于是古代的白话文，所以无须疏解，也不忍删节，虽较《祭十二郎文》简短，却可看作姊妹篇。贺贻孙《诗筏》说韩愈绝妙诗文，多在骨肉离别生死间，“亦是至哀即哭，真情流溢，非矜持造作所可到也”。不失为知音之言。

女挐归葬河阳时，又撰《女挐圹铭》，开头说：“愈之为少秋官（刑部侍郎），言佛夷鬼，其法乱治，梁武事之，卒有侯景之败，可一扫刮绝去，不宜使烂漫。天子谓其言不祥，斥之潮州，汉南海揭阳之地。”他仍然坚持谏佛骨没有什么错，

---

①《穀梁传》昭公十九年：“子既生，不免乎水火，母之罪也。”水火，指遭受意外灾祸。母之罪，是说母亲应负责任。

佛是“夷鬼”，佛法乱治，应当彻底扫刮，等于把当初召祸的原表的要点重新复述一下，也见得韩公的倔强。

父亲获罪，却连十二岁的患病的女儿也不准留在京城，而父亲获罪的原因是由于劝皇帝不要迷信虚妄的佛骨，不要做蠢事。这样的事情，对今人来说是万难置信的，在韩愈时代，却是千真万确的事实。俗语有“一人做事一人当”的话，这时却是一人做事一家当了。

韩愈在潮州不过七八个月，他以谏佛骨得罪又以谏佛骨而名更显扬。到他任京兆尹时，女挐是十六岁。古人结婚早，如果这时女挐还活着，也快到出嫁之年了，死者总是吃亏的、委屈的。一瞑之后，什么都不存在了，祭文哀词，无论写得怎样真切沉痛，对死者来说也是枉然的。

长庆四年十二月，韩愈自己也死了，不知这对父女能否在地下重逢？但愿如此。

又，女挐是韩愈第四个女儿，另外两个，一嫁李汉，一嫁蒋系。李汉字南纪，亦韩门弟子，官至吏部侍郎，韩愈身后的遗文就是由他收拾整理的。

潮州的鳄鱼

韩愈在《泷吏》诗中说："恶溪瘴毒聚，雷电常汹汹。鳄鱼大于船，牙眼怖杀侬。州南数十里，有海无天地。"这是他在乐昌县时听泷吏说的潮州风土，所以他的《题临泷寺》有"潮阳未到吾能说，海气昏昏水拍天"的话。

到他正式任潮州刺史后，询问民间疾苦，都说恶溪有鳄鱼[①]，吞食民畜熊豖鹿獐，于是写了一篇《鳄鱼文》，勒令鳄鱼在三天之内率丑类南徙于海，三天不走放宽五天，五天不走放宽七天，七天再不走，就是故意不肯迁避，心目中没有刺史，刺史就要精选有技能的吏民，操强弓毒矢来对付，务必杀尽才罢休。

林云铭《韩文起》云："文中只用'告'字，并无'祭'

---

① 恶溪：即广东韩江。韩愈《潮州刺史谢上表》："过海口，下恶水。"即此。

字。故李汉编入杂著，不列祭文卷内。后人不知此意，把题目硬添一‘祭’字。”实也是对丑类的讨伐令。曾国藩在《求阙斋读书录》中就说：“文气似司马相如《谕巴蜀檄》，但彼以雄深胜，此以矫健胜。”文中一再申明先礼后兵、教而后诛的本意，不但理直气壮，而且苦心孤诣，文姿又婉转跌宕，层层盘剥。

《旧唐书·韩愈传》中说：“咒之夕，有暴风雷起于湫中。数日，湫水尽涸，徙于旧湫西六十里，自是潮人无鳄患。”这岂非把韩愈写成张天师了？就算鳄鱼因咒而他迁，也是以邻为壑，它们到别处也是要作恶的。李翱的《韩公行状》、皇甫湜的《韩文公神道碑》都未提驱鳄鱼事。翱、湜皆韩门弟子，不会忘记这事，所以周必大的《二老堂诗话》说：“岂以鳄近语怪，故删去乎？”王安石《送潮州吕使君》诗也说：“不必移鳄鱼[①]，诡怪以疑民。”推想起来，可能是巧合：这时溪水已干，鳄鱼不能存身，只好迁至他处，但仍在潮州境内。

韩愈以辟佛著名，但他并非一个无神论者，和古代其他儒家信徒一样，他们的宇宙观中还是相信有一种超自然的可以感应的力量存在，所以为了祈雨，他写过《祭竹林神文》《曲江

---

①这里的“移”指移文，犹言檄文。但王安石对韩愈本人原是不满的。

祭龙文》。韩愈因为佛是异端而辟之，或许他把鳄鱼也看作畜类中的异端了。

北宋陈尧佐因言事触怒皇帝，贬为潮州通判，曾作韩吏部祠堂。当地居民张某和其母洗涤于江边，鳄鱼尾而食之（鳄鱼食人畜就先用尾巴袭击），其母不能救援。尧佐闻而哀怜，命二吏驾小舟操网往捕，但鳄性凶暴，不是用网能够捕得，便先以弓矢射之而捉进网中，尧佐乃作文张贴街市然后烹煮。欧阳修《陈文惠公神道碑》："潮人叹曰：昔韩公谕鳄而听，今公戮鳄而惧，所为虽异，其使异物丑类革化而利人一也。吾潮间三百年而得二公，幸矣。"这正好说明，韩愈时的潮州鳄鱼并未因一纸文告而敛迹，但他任地方官时想为民除害的心愿却是真实的。宪宗对韩愈的处分虽不公平，但韩愈文中几次三番提到"天子"，仍以孤臣孽子之心效忠于唐室。

鳄鱼之名，最早见于晋左思《吴都赋》："鼍鼊鲭鳄。"刘渊林注：鳄鱼，似鼍。其实就是鼍，鼍即扬子鳄，俗名猪婆龙，皮可制鼓。《诗经·灵台》："鼍鼓逢逢。"则先秦时已有记载。

《太平御览》卷九三〇引《寻阳记》云："城东门通大桥，常有蛟为百姓害。董奉疏一符与水中，少时见一蛟死浮出。"董奉为三国时吴人，这段故事和韩愈的以文驱鳄倒相类似。蛟是传说中的动物，古人常将蛟龙并称。近代学者也有以为古书中的龙，实即大蜥蜴（壁虎）、鳄鱼之类。周处斩蛟，可能就是捕杀鳄鱼。

周作人《知堂集外文》中有《扬子鳄》与《鳄鱼》两文，大意说，世界上鳄鱼大要可分两种，非洲的叫克洛科提鲁斯，美洲的叫阿利伽多耳，原义都是说壁虎。鳄鱼与蛇和乌龟都是大洪水以前的生物，年代既老，形状格外地不好看，张开嘴来，喉咙就同肚皮一样宽。寿命可活到二三百岁，有六十八个牙齿，咬力极强，咬得断人的大腿骨，隔得远一点的地方用尾巴打，人畜都禁受不住。消化力异常强大，正在吞吃人的鳄鱼，剖肚来看，人的下半身还在喉间，上半身已经骨头都融化了。现代非洲的阿拉伯人用一副弹簧，装在小动物的尸体里，鳄鱼吞了下去，肉块消化后，弹簧立即弹开，撑住它的肚子，于是拖到岸上，用矛刺死。阿拉伯人猎取它，一是为报仇，一是想吃它的肉。

中国的扬子鳄并不如此凶恶，常为人捉到，不会吃人。古书上说，鼍肉很美，白如鸡，大概是美洲的那一种。

非洲人用弹簧，那是现代的事情，韩愈文中说“操强弓毒矢”，也因为人无法走近它，不能用刀剑。但鳄鱼的皮不同于人的肌肉，箭矢如何穿透？

总之，潮州曾经有过凶恶的鳄鱼，韩愈想驱逐它，但潮州鳄鱼的绝迹却不是韩愈文告的力量。好多动物的聚散存亡，就连专家们也不容易说得清楚。

在潮州吃虾蟆

宋代诗人梅尧臣，在饶州知州范仲淹的宴会上，有客人谈到了河豚鱼，尧臣便作了一首五古，其中有这样四句话："退之来潮阳，始惮餐笼蛇。子厚居柳州，而甘食虾蟆。"

韩愈是河南河阳（今孟县）人，昌黎是他郡望。到潮州后，尝过许多海产水族，如鲎、蠔、蒲鱼、章举（章鱼）、马甲柱（江瑶柱）等。他起先有些害怕，但自以为南来是"御魑魅"，便硬着头皮吃下，吃后身心燥热，面上红得出汗。可是看到了蛇，因为形状实在太狰狞，就不敢吃了。在《初南食饴元十八协律》中说："唯蛇旧所识，实惮口眼狞。开笼听其去，郁屈尚不平。"这其实是心理的刺激作用，因为蛇味本身很鲜美，蛇却是可怕之物，不光是由于形状。有的人爱吃鳝鱼而怕吃蛇肉，爱吃甲鱼而不吃龟肉，也是食欲受到心理的抑制。就形状来说，还有什么比蟹更可怕的呢？所以，第一个吃蟹的人，实在是很有胆量的。

梅诗的前两句，便是用这首韩诗的典故，接下两句，由韩及柳，但柳宗元的食虾蟆诗，已经佚失了[①]，现在能够作依据的是韩愈写的一首。梅诗这两句，可能也是从韩诗转用。从现存韩柳文集看，韩愈直接写给柳宗元的诗就是这一首，柳直接写给韩的只有两封信，没有诗。韩诗篇名为《答柳柳州食虾蟆》，可见柳宗元曾食过虾蟆。称为“柳柳州”，是因为柳宗元当时任柳州刺史，古人有此种称呼。

> 虾蟆虽水居，水特变形貌。强号为蛙蛤，于实无所校。虽然两股长，其奈脊皴皰。跳踯虽云高，意不离泞淖。鸣声相呼和，无理只取闹。周公所不堪，洒灰垂典教。我弃愁海滨，恒愿眠不觉。叵堪朋类多，沸耳作惊爆。端能败笙磬，仍工乱学校。虽蒙句践礼，竟不闻报效。大战元鼎年，孰强孰败桡？居然当鼎味，岂不辱钓罩？余初不下喉，近亦能稍稍。常惧染蛮夷，失平生好乐。而君复何为，甘食比豢豹。

---

① 章士钊在《柳文指要》中推测：柳宗元大概不以韩愈为典型诗人，无意与韩唱和，所以柳集中并无一诗与韩有关。韩集中那首《答柳柳州食虾蟆》，柳诗原作，至今所以找不到，是柳宗元故意“抹去其先发之作”。章氏这一推论似太离奇。

猎较务同俗，全身斯为孝。哀哉思虑深，未见许回棹。

虾蟆即蛤蟆，也作青蛙和蟾蜍的统称。蟾蜍俗称癞蛤蟆，背面多呈黑绿色，有大小不等的瘰疣。这首诗中写的是癞蛤蟆。

第二句“水特”之“水”有的本子作“未”，意思是虾蟆虽居水中，形貌的丑陋不会因此而改变，即使勉强改为“蛙蛤”的名字，于实际并无分别[1]。韩愈在《初南食饴元十八协律》中也说：“蛤即是虾蟆，同实浪异名。”这里的蛤指蛙类，非蛤蜊，清李调元《南越笔记》卷十一：“蛤生田间，名曰田鸡。”所以叫田鸡，也因蛙味鲜美。

下面六句，都是一扬一抑：两腿虽然长，背上却有皴皰。跳虽然跳得高，却离不开泥泞，也便是说，你也只会在烂泥堆中跳跳蹦蹦罢了。鸣声虽此起彼和，实是无理取闹。无理取闹这句成语，现在还在用，最早便是这位韩文公创说的。又如不平则鸣、痛定思痛、冥顽不灵、面目可憎、牢不可破、大放厥词、百孔千疮等，也都是他文中最早使用而已成为后人沿用的成语，所以在语言艺术上，韩愈也是很有贡献的。

---

①“水（未）特变形貌”，这一句第一字略顿，下四字连读，就像下文“失平生好乐”句一样。

《周官》即《周礼》，旧说是周公所作。《周礼·秋官》记蝈氏（官名）掌管除灭蛙类动物之职，因为蛙声聒噪，扰人双耳，便在秋天用不开花之菊烧成灰，撒到蛙身上，蛙便死了。韩愈认为这样做就是圣人在布施教化。用今天的昆虫学眼光看，倒是圣人在消灭益虫，助长害虫了。

韩愈此诗，作于元和十四年（819）谪潮州时，所以接下来说：我已被弃而忧愁于海滨，只希望常常睡大觉而不醒来，实在吃不消那些癞蛤蟆呼朋引类的侵扰，耳朵被惊吵得爆炸似的，害得我既不能听音乐，又不能出书声。当初越王句践伐吴时，要求士兵拼命，不怕死，见了怒蛙，便致敬礼，随从的人觉得奇怪，句践说："为其有气故也。"蛙有气愤，故而发怒，越国也有气愤，大家应该以蛙为榜样，为越国出气雪愤。可是蛙只会发怒，却未曾向越王报效。汉武帝元鼎五年秋天，群蛙和虾蟆相斗，原是同类相残，孰胜孰败，至今谁也不知道。这几句都是写蛙之蠢钝无知，现在居然当作上等美味，岂非使捕捉它们的笼罩也感到委屈？所以他起先不想吃，后来随俗浮沉，稍稍吃一些，又怕为此而沾染蛮夷习气，损坏了平生的嗜好习惯。在韩愈那个时代，潮州等地是被看作南蛮地区的。

全诗到"而君复何为，甘食比豢豹"两句，才接触到诗中的主人公。由于两人同谪海南，这两句实有同病相怜之意，即是把食虾蟆作为被弃逐的象征，不到这潮州、柳州，怎会尝此异味？苏轼在岭南作的“日啖荔枝三百颗，不辞长作岭南人”的名句，也是含牢骚之意。

“豢豹”之“豹”指豹胎，古人看作和熊掌一样名贵，枚乘《七发》曾有“豢豹之胎”语，可见柳宗元原诗中必有称赞虾蟆的话。

“猎较”指出猎时争夺禽兽，《孟子·万章下》：“鲁人猎较，孔子亦猎较。”韩愈的意思，既然风俗如此，要吃虾蟆也只好吃了，但必须自爱自重，才能对得起抚养我的父母，这是用《礼记·祭义》的“父母全而生之，子全而归之，可谓孝矣”的典故，意思是希望自己仍能保全完整的身心，但因两人远处海南，恐怕未必能返棹回去。这一年十月，柳宗元果真殁于柳州了。

这首诗原是游戏之作，也表现了韩愈的好奇性格，同时借此发泄自己的抑屈之气，其实和越王句践时的怒蛙一样：“为其有气故也。”在考察韩柳交谊史上，却是很重要的资料，因为这以后，便是临到韩愈为亡友写祭文和墓志铭，“哀哉思虑深，未见许回棹”，不幸也成为沉痛的谶语了。

花王与花相

芍药（勺药）之名，先秦时已有了，《诗经·郑风·溱洧》：“维士与女，伊其相谑，赠之以勺药。”可见当时青年男女，用芍药作为调情的媒介。芍药之根可入药，故以此得名，古诗中用单字的“药”，有时便指芍药。如谢朓《直中书省》的“红药当阶翻，苍苔依砌上”，许浑《经丁补阙郊居》的“风吹药蔓迷樵径，雨暗芦花失钓船”，都是指芍药。

芍药和牡丹很相似，枝叶比牡丹狭长，结子比牡丹小。芍药属草本，牡丹入木本，古书中说的木芍药即指牡丹。后人也称芍药为小牡丹，又称牡丹为花王，芍药为花相。唐代的牡丹盛于长安，宋代的牡丹盛于洛阳，芍药则盛于扬州。扬州的芍药品种，最初以龙兴寺等四个寺院最优良，后来民间用厚赂求得其种，于是超过了僧寺。芍药又有一个婪尾春的别名，因为唐代宴饮时称末座之酒为婪尾酒，芍药是殿春之花，所以有这个别名。

牡丹虽为花王，享名却迟于花相的芍药，六朝诗文中也很少见，谢灵运曾说永嘉竹间多牡丹，今越花不及洛花远甚。有人说，这仍是指芍药，当时盛开于吴越间。《太平御览》药部七有芍药，百卉部无牡丹，《艺文类聚》也是这样。到了唐宋，牡丹才始为人推崇，但杜甫诗没有咏牡丹的，李白则以牡丹比喻杨贵妃，即是著名的"云想衣裳花想容"三首《清平调》。由唐至宋，芍药的声色便因牡丹而减敛，屈居于相位了。

钱仲联《韩昌黎诗系年集释》，第一首就是《芍药歌》，因为结末有这样四句话："一樽春酒甘若饴，丈人（指王司马）此乐无人知。花前醉倒歌者谁？楚狂小子韩退之。"朱熹以为是韩愈年轻时所作，王元启因诗中"辞语拙嫩，不类公文"，认为"盖出晚唐人伪托"。辞语拙嫩是事实，是否伪托，没法确说，却使我想起了《红楼梦》中《憨湘云醉眠芍药裀》那一回："果见湘云卧于山石僻处一个石凳子上，业经香梦沉酣，四面芍药花飞了一身，满头脸衣襟上皆是红香散乱。手中的扇子在地下，也半被落花埋了，一群蜜蜂蝴蝶闹嚷嚷地围着，又用鲛帕包了一包芍药花瓣枕着。"曹雪芹当然不是受韩诗的影响，但芍药花似乎和醉人有特别的缘分，使文士增加狂态，闺秀添上憨趣。

韩愈还有一首用近体写的《芍药》：

浩态狂香昔未逢，红灯烁烁绿盘龙。觉来独对情惊恐，身在仙宫第几重？

第一句浩态狂香用字奇特，第二句红灯绿盘龙形容红花绿枝叶。这首诗当为元和十年（815）作。这时韩愈知制诰，在宫禁中当值，所以末句有富贵气，也流于俗调。倒是他的七律《戏题牡丹》，虽作于同年，却值得欣赏：

幸自同开俱隐约，何须相倚斗轻盈？陵晨并作新妆面，对客偏含不语情。双燕无机还拂掠，游蜂多思正经营。长年是事皆抛尽，今日栏边暂眼明。

一二两句意谓，因为好多株牡丹同开，自游是幸事，各花之间因而隐约难以分辨，又何必凭恃其轻盈之态来相斗呢？这句或有讽喻意味。三四两句，写晓妆之后，见人而又脉脉不语，不语正反衬含情之深婉。五六两句写游赏者之多，但双燕别无机心（意图），只是拂掠而过，游蜂却是蓄意要采蜜。七句的“是事”犹言“事事”，归结到自己，意谓近年来什么都不关心（与“双燕无机”相应），只有今天到了花栏边，才使双眼明亮。黄叔灿说：“公七言长句，难得如此风情。”意思是，在韩愈的七言古风中，很少有这种风情的。张鸿说：“昌黎以不着色为体格，此等诗皆其独到处也。”这都说得对，比上述那首《芍药》诗味就强得多。

柳宗元也写过一首《戏题阶前芍药》的五古：

> 凡卉与时谢，妍华丽兹晨。欹红醉浓露，窈窕留余春。孤赏白日暮，暄风动摇频。夜窗蔼芳气，幽卧如相亲。愿致溱洧赠，悠悠南国人。

这首诗作于谪永州时，寓意是借芍药以泄怨恨。大意是：凡卉凋谢，唯有芍药还能保持其姿色，清早发出光泽，到夜间还留余香。诗人在日暮的暖风摇动中，不禁引起孤芳自赏之感。“愿致溱洧赠”即用《诗经·溱洧》语意，意谓他很想将它送给远方的友人，只因身处迢遥的南国，未能遂此心愿，徒兴悠悠之叹。

章士钊《柳文指要》下册云：元裕之（好问）曾选花卉诗九首，以宗元此诗为第一，并请赵秉文共作一轴写之，自题其后云："柳州怨之愈深，其辞愈缓（婉转），得古诗之正，其清新婉丽，六朝辞人少有及者。"姚薑坞（姚范）《援鹑堂笔记》却不同意元好问的论点，以为说得肤浅，"且芍药之作，亦平平耳，而言六朝少及"。章氏则很不满姚说：桐城派除姚惜抱（姚鼐）外，无能诗者，薑坞之学，虽为惜抱所自出，而论诗似强作解人。"况桐城从来不喜柳文，工夫不及柳诗深诣，自可想见，'芍药之作，亦平平耳'，诗因有薑坞所号为平平处，自形其高。"

桐城派的古文虽得力于唐宋古文，但桐城派能诗的确实极少，不过姚范说宗元芍药诗平平，也还公允。柳诗有寄托，并不深刻。章氏于宗元很爱重，对此诗未免偏爱。好在宗元原诗尚在，大家看了，不难理解。

落齿的哀乐

韩愈的状貌怎样？也许是读者想要知道的。

沈括《梦溪笔谈》卷四有一段很有趣的记载：后世所画的韩愈肖像，都是小面而美髯，戴纱帽，其实这是五代时江南韩熙载。熙载谥文靖，江南人称为韩文公，因而不少人以为是韩愈像。韩愈的原貌是肥而寡髯。北宋元丰中，以韩愈配祀孔庙，于是郡县所画，都以韩熙载的像来代替了。胡道静《校证》并附二韩画像对照，又加按语说："南薰殿旧藏《圣贤画册》中韩愈像，依旧是小面而美髯，着纱帽，以与传为五代顾闳中的《韩熙载夜宴图》相核对，容貌正和韩熙载酷肖，可知这个错误从北宋一直沿袭下来。若无沈括的这条辨证，竟无从纠正这个错误了。"

沈括为北宋仁宗时人，韩熙载为五代南唐时建官，工书画，《笔谈》所谓江南，即指南唐。沈括去南唐未远，所言当可相信。

这里我们还可作个小小的补充：韩愈的牙齿，很早就残缺了。

他的名篇《祭十二郎文》中说：“吾年未四十而视茫茫，而发苍苍，而齿牙动摇。”又说，到了贞元十九年（时年三十六），“苍苍者或化而为白矣，动摇者或脱而落矣。”他的《寄崔二十六立之》也说：“所余十九齿，飘飘尽浮危。”《进学解》说：“头童齿豁。”《五箴》说：“齿之摇者日益脱。”他只活到五十七岁，牙齿已经残落到这个地步，当时没有镶牙术，一定很狼狈。《进学解》中说：“周诰殷盘，佶屈聱牙”，他在教授这些先秦文章时，更加结结巴巴了。

除了上引这些零星的词句外，他还以《落齿》为题材[①]，专门写了一首五言古诗：

去年落一牙，今年落一齿。俄然落六七，落势殊未已。余存皆动摇，尽落应始止。忆初落一时，但念豁可耻。及至落二三，始忧衰即死。每一将落时，凛凛恒在

①落齿，一作“齿落”。

己。叉牙妨食物，颠倒怯漱水。终焉舍我落，意与崩山比。今来落既熟，见落空相似。余存二十余，次第知落矣。倘常岁落一，自足支两纪。如其落并空，与渐亦同指。人言齿之落，寿命理难恃。我言生有涯，长短俱死尔。人言齿之豁，左右惊谛视。我言庄周云，木雁各有喜。语讹默固好，嚼废软还美。因歌遂成诗，持用诧妻子。

这首诗可能也是贞元十九年（803）作的。诗中先写落齿的过程，后来越落越多，便产生恐惧心理。“叉牙”和“颠倒”都是形容牙齿的歪斜动摇。当时已有用嫩树枝刷齿的风俗，但像韩愈那样的牙齿，未必能用，只好以水漱口，又因摇动得利害，用水漱也会感到疼痛，使他害怕。这些叉牙颠倒的牙齿，还是无情地舍他而去，心境就像山崩一样。

以上写过去落齿的经过，下面转入现状：现在已经见怪不怪，落掉一颗不过和过去一样，留下来的二十余颗，迟早会逐渐脱落。如果一年落一颗，还可支持二十四年（古代以十二年为一纪），如果一下子落光，那和逐渐脱落还不是一样？“人言齿之豁”四句，是说牙齿残缺了，即使不死而活着，人家见了也会惊异的，诗人即以《庄子·山木》篇中的木与雁来譬解：庄子看到伐木者只伐大木不取旁边的树木，乃问伐木者，答道："无所可用。"庄子说："此木以不材得其天年。"他又作客于友人家中，友人命仆童杀雁饷客。雁有两只，一能鸣，一不能鸣。仆童问主人杀哪一只？主人说："杀不能鸣者。"木因有用而被伐，雁因不能鸣而丧命，可见有用与无用都有好处，韩愈的原意只想说不中用之可喜，联系到牙齿的脱落，说话容易错误，那就索性沉默不说话。吃东西也是这样，牙齿残缺了，就拣人家不要吃的软烂东西，味道还更加鲜美。这当然是在发牢骚，和他《秋怀》诗的"佶屈避语穽"一样，他在《送穷文》中说的"转喉触讳"，也是对当时言者有罪那种局面的反射。

此诗在韩诗中并非名篇，也不为后人重视，但有两点值得我们注意，一是韩愈素以道统相标榜，在诗文中，却常以诙谐风趣的笔调，娓娓地抒写身边琐事，连牙齿的脱落也用专题来写，还要以此逗弄太太和孩子。朱彝尊说他写得真率痛快，正是昌黎本色。

二是这是一首散文化的诗，也是韩诗中"以文为诗"的典范。语言通俗明白，典故只用了一个《庄子》中的故事。全诗由生理上的衰退，写到心理上的起伏，其中患得患失的心理，又与韩愈的平生合拍，最后以情绪上的牢骚结束，也只寥寥二语。但他虽明知道语默的好处，还是情不自禁地要说上两句。

韩愈的“以文为诗”的特点，后人褒贬不一，这里只举现代两位权威学者来说。陈寅恪《论韩愈》说：“退之以文为诗，诚是确论；然此为退之文学上之成功，亦吾国文学史上有趣之公案也。……既有诗之优美，复具文之流畅，韵散同体，诗文合一，不仅空前，恐亦绝后。”陈氏并以为“后来苏东坡、辛稼轩之词亦是以文为之，此则效法退之而能成功者也”。这是完全肯定的态度。

胡适《白话文学史》对韩愈颇有贬词，但他对韩愈“作诗如说话”的创作方法，还是很推崇，说韩愈“一扫六朝初唐诗人扭扭捏捏的丑态”。又说，“他并不是没有作白话新诗的能力，其实他有时做白话的诙谐诗也很出色”，并举韩愈《赠刘师复（服）》为例：

> 羡君齿牙牢且洁，大肉硬饼如刀截。我今牙豁落者多，所存十余皆兀臲。匙抄烂饭稳送之，合口软嚼如牛呞。妻儿恐我生怅望，盘中不饤栗与梨。只今年才四十五，后日悬知渐莽卤。朱颜皓颈讶莫亲，此外诸余谁更数？

这首诗与《落齿》有很多共通之处，只是这时残存的牙齿已由二十余颗减到十余颗了。按照胡氏对《赠刘师复（服）》的评价，《落齿》的白话文学的色彩就更加显著，清代的查慎行在《十二种诗评》中就说《落齿》“曲折写来，只如白话”。

儒释之交

韩愈和柳宗元在对待佛教态度上极不相同，韩辟佛而柳好佛。韩愈为此而对柳宗元不满，还责备他与和尚交朋友。宗元不服，申明自己所以爱好佛学，是由于佛教徒不爱官，不争能，乐山水而嗜安闲，又由于自己最痛恨那些为追求官印而相互倾轧的人，所以爱与和尚交朋友。这篇文章题目为《送僧浩初序》，实际是跟韩愈在开笔战。

韩柳在对佛教上的是非，说来话长，可是与僧人交游一事，韩愈本人恰好自相矛盾，只要翻一翻韩愈集子，就可以看到他和僧人交游的兴趣大极了。

潮阳灵山有个大颠和尚，韩愈谪贬到潮州时，写了三封信给大颠，信中对大颠的道德学问颇为推崇，邀请他过来谈心。因为韩愈是以辟佛闻名的，有的人就说这信是假的，有的人说这只是私人交往，并不能以此证明韩愈已由辟佛而变为信佛。这一公案，自宋以来，聚讼纷纭，各执一词。也因为韩愈在后人心目中已成为一个偶像，所以不能使他的言行有任何矛盾。

其实这也容易理解：韩愈是一个不甘寂寞的人，这时局促海滨，百无聊赖，无可谈之人，闻得大颠很有学问，因而想交个朋友，但并不想由此皈依释氏也是事实。信仰上的分歧，并不影响学问上的切磋。话虽这么说，到底令人奇怪，这样一个坚定的与佛为仇的人，却为一痴僧而颠倒，再而三地写信邀请。

退一步说，即使这三封信是假的，那么，还有他《送僧澄观》《送惠师》《送灵师》《听颖师弹琴》等好多首诗。

唐宋两代，披袈裟的诗人很多。《全唐诗》收录的诗僧就有一百余个，其中以皎然与灵澈尤为方外的诗坛宗主。

灵澈本姓汤，字源澄，生于会稽，和文士多有往来。德宗贞元间至京师长安，被人捏造蜚语激动中贵人（皇帝宠信的宦官），因而流徙汀州（今属福建），曾有“旧交容不拜，临老学梳头”语，似至汀州后曾经蓄发。元和十一年卒于宣州。

灵澈为什么被人捏造蜚语，史料上没有明说，但韩愈的《送灵师》中有这样一段：

灵师皇甫姓，胤胄本蝉联[①]。少小涉书史，早能缀文篇。中间不得意，失迹成延迁。逸志不拘教，轩腾断牵挛。围棋斗白黑，生死随机权。六博在一掷，枭卢叱回旋。战诗谁与敌，浩汗横戈铤。饮酒尽百盏，嘲谐思逾鲜。有时醉花月，高唱清且绵。四座咸寂默，杳如奏湘弦。寻胜不惮险，黔江屡洄沿。瞿塘五六月，惊电让归船。怒水忽中裂，千寻堕幽泉。环回势益急，仰见团团天。投身岂得计，性命甘徒捐。浪沫蹙翻涌，漂浮再生全。同行二十人，魂骨俱坑填。灵师不挂怀，冒涉道转延。开忠二州牧，赋诗时多传。失职不把笔，珠玑为君编。强留费日月，密席罗婵娟。……材调真可惜，朱丹在磨研。方将敛之道，且欲冠其颠。

这是说，灵澈为人，极为放荡，不受拘束，能下棋，博戏（像现在打雀牌），博弈时气势高涨。酒量极大，酒后常嘲弄人家。逢到花月良宵，便引吭高歌，旁若无人。寻胜探险，胆大包天。急流奔涌，船只倾覆，同行二十人都葬身水

① 刘禹锡《澈上人文集纪》说灵澈“本汤氏子”，韩愈这句诗却说复姓皇甫。

窟，他却满不在乎，还要冒险前进。蜀中的开州刺史赵次，忠州刺史李吉甫因谪贬而停笔，却为这个和尚而赋诗，还强留好多日子，设宴招待，酒席中竟有美女。邻近的地方官员，也纷纷邀请前去欢聚。下面“材调真可惜”四句的意思是：这样的人才成为僧侣，太可惜了，所以企图用儒道来收敛他放荡的性格，并且在他头顶戴上儒生的帽子，也便是要他还俗。后人即由此推断，韩愈所以和灵澈结交，就是欲使他由佛返儒。

韩诗中塑造的灵澈形象，自然有些夸张，但还是以他本人的性格和行动为依据的，那么，这样的出家人，引起别人的妒忌也是很自然的，招摇撞骗之类的罪名就可以随意加上去。

但灵澈确实是一个很有学问的诗僧，刘禹锡童年时，便向他和皎然受学，他们还赞许禹锡“孺子可教”，后来又写了一篇《澈上人文集纪》。其他如刘长卿、张祜、吕温等也作诗相赠。《唐诗三百首》收有刘长卿的《送灵澈》和《送上人》，后一首云：“孤云将野鹤，岂向人间住？莫买沃洲山，时人已知处。”前两句，与张祜《寄灵澈》的“独树月中鹤，孤舟云外人”用意近似，后两句意思是：如果你要隐居礼佛，就不要到沃洲山那样的名山去，这会让人们知道你的居处而来寻访你，就无法安下心来了。

灵澈逝世后，柳宗元曾写过挽诗，《韩漳州书报澈上人亡因寄二绝》之二云：“顷把琼书出袖中，独吟遗句立秋风。桂江日夜流千里，挥泪何时到浙东。”韩漳州指韩泰，也是八司马之一，可见他后期和王叔文集团颇有友谊，吕温谪道州时，也有戏赠之作：“僧家亦有芳春兴，自是禅心无滞境。君看池水湛然时，何曾不受花枝影？”这也见得灵澈平时脱略任性，所以吕温才会戏弄他。

现在收录于《全唐诗》的灵澈诗，只有十六首，大都是出家人诗，无烟火气。但第一首的《听莺歌》则有感讽意味，不知是否为哀惜柳宗元等人的谪贬？最为人称诵的是《归湖南作》：“山边水边待月明，暂向人间借路行。如今还向山边去，只有湖水无行路。”末两句似是说，江湖不如山林之可归宿。

披袈裟的乐师

昵昵儿女语，恩怨相尔汝。划然变轩昂，勇士赴敌场。浮云柳絮无根蒂，天地阔远随飞扬。喧啾百鸟群，忽见孤凤凰。跻攀分寸不可上，失势一落千丈强。嗟余有两耳，未省听丝篁。自闻颖师[①]弹，起坐在一旁。推手遽止之，湿衣泪滂滂。颖乎尔诚能，无以冰炭置我肠。

《听颖师弹琴》

这又是韩愈为僧人而作的诗，可见韩愈与方外人结交之多。时间当在元和十年（815）被谗降职时。

唐代是诗歌的黄金时代，音乐也进入丰收季节，有的是域外传入，有的是传统古乐。唐代的一部分诗歌，就像宋代的

① 颖师，一作“颍师”。

词，都是入乐歌唱的，所以诗歌和音乐结合在一起。这首诗，则是诗人听完琴声之后作为专题来写的。音乐只能依靠听觉来接受，可是在这首诗中，却有可见性的形象，其中有人物，有自然界，有飞禽，所以也是音乐文学史上一篇代表作。

也因为文学艺术的发达，在方外人中，不但有披袈裟的诗人，也有披袈裟的乐师，李白的《听蜀僧濬弹琴》，便是写这位四川和尚琴艺的高超，挥手之间，就使李白如闻万壑松声。

韩诗一开头，即直接写琴声：先是轻柔细弱，继而激昂高亢，后又返回柔境中，浮云柳絮在阔远的天地间飞扬，成为泛声，由泛声而联想到百鸟喧啾，由百鸟而引出孤凤独鸣。前者是扩散，后者是收敛，音愈收而愈敛，如高空孤凤的一落千丈。《琵琶行》中的大弦小弦至铁骑突出一段，也是写乐声的翻覆多变。韩、白都是诗人，乐声中也有文心诗境的摇曳回荡。

写琴声实际是写颖师琴艺的灵活巧妙，即所谓借宾定主。后面一段，自谦对音乐本是外行，但听了颖师的琴曲，不觉感动起坐，悲从中来，甚至要颖师不再弹下去，免得使冰炭同时安置在自己胸中。冰与炭是不相容的对立物，这里借喻忽冷忽热、悲喜不定的感触，和《琵琶行》的“江州司马青衫湿”是同一意思，又是对颖师与琵琶女技艺侧面的赞赏。

李贺与韩愈同时，他也写过《听颖师弹琴歌》。当时他在病中，听到琴声，不觉为之起坐，李诗末两句说："请歌直请卿相歌，奉礼官卑复何益？"李贺的官职是奉礼郎，是个小官，所以诗的意思说：您如果要增加声价，就请王公卿相作诗来赞美您，我这个奉礼郎对您有什么帮助呢？长吉是个短命诗人，诗却多愤世之辞。他殁于元和十一年，听琴时或许患病已久了。

诗无声而琴有声，琴声的激昂处如同人的呼喊，低抑处如同人的悲诉，皆是人的感情自然直接的发泄，连神经系统也会受到震动，发生共鸣，只是在诗人身上，敏感性也最强。世上没有万能的艺术家，艺术家的感应神经却自有他高出于凡夫的地方。

据蔡絛《西清诗话》，欧阳修曾问"琴诗孰优"？苏轼即以韩诗答之。欧阳修说："此只是听琵琶耳。"后人也有为韩诗辩白的，也有以为欧公不会说这种话，是蔡絛捏造的。这问题留待后面再说，现在先谈谈这一点：琴声和琵琶声在听觉上固有区别，写到纸面上倒是很困难，因为两者都是用弦索为乐器，凭指头来弹弄，诗人只能从它的节奏音调上来渲染，但这又很抽象，于是用种种比喻来体现，却无法使读者的听觉起辨别作用。《琵琶行》中写的种种声音，如果改为琴声也未尝不可。前人说韩诗“失势一落千丈长”不像琴声，但白诗的“铁骑突出刀枪鸣”，也何尝像琵琶声？不管弹得怎样激昂。诗人为了使乐声能在笔下传播，通过艺术上的夸张和想象，使读者的听觉能随视觉唤回，耳眼同获快感，在诗人已经用尽匠心了。

把音乐的真实的原始的声音用文字重现，本不容易。《管子·地员篇》：“凡听徵如负猪豕，觉而骇，凡听羽如鸣马在野，凡听宫如牛鸣窌中，凡听商如离群羊，凡听角如雉登木以鸣，音疾以清。”他用五种动物的叫声比作宫、商、角、徵、羽五个音阶的不同，而这叫声又是在特定的场合下，在他确实是煞费苦心，可是读者仍觉模模糊糊。嵇康是精通音乐的，他的《琴赋》也是音乐文学史上的重要作品，方世举曾把韩诗中的“昵昵儿女语”，比作嵇赋的“或怨嫱而踌躇”，把“勇士赴敌场”，比作“时劫掎以慷慨”，把“浮云柳絮无根蒂”，比作“忽飘飖以轻迈”和“若众葩敷荣曜春风”，即使在古汉语很有基础的老先生读来，恐怕仍感到如入迷宫。换言之，捕捉听觉上的变化要比捕捉视觉上的更困难，后人在白居易、韩愈等这些诗中，所欣赏的还是那些形象的力量。

回头再说欧阳修对苏轼说的话究竟虚实如何，这可以用苏词《水调歌头》来作证，词前有一小序：欧阳修问苏轼琴诗何者最善？苏轼以这首韩诗答之。欧说：“此诗固奇丽，然非听琴，乃听琵琶诗也。”苏深然之。后来吏部郎中章楶（质夫）家有个善弹琵琶的乐师，请苏轼作首歌词，于是便取韩诗“稍加檃括”，使其入乐以相赠。苏词的原文是：

昵昵儿女语，灯火夜微明。恩怨尔汝来去，弹指泪和声。忽变轩昂勇士，一鼓填然作气，千里不留行。回首暮云远，飞絮搅青冥。

众禽里，真彩凤，独不鸣。跻攀寸步千险，一落百寻轻。烦子指问风雨，置我肠中冰炭，坐起不能平。推手从归去，无泪与君倾。

从这首词看，欧阳修是说过非听琴而为听琵琶这话的，后人也有不同意的，但他要求文学作品必须确切地表现鲜明的特征，不可使琴声和琵琶声混同，这一点还是对的。《西清诗话》又记苏轼《听惟贤琴》的“大弦春温和且平，小弦廉折亮以清”两句，僧人义海批评说：“丝声皆然，何独琴也。”即因苏诗只写共性，未写个性。至于这首《水调歌头》，苏轼原是应章楶之请凑成词曲，使之歌唱，在书面上却没有多大的欣赏价值。

两个滑稽人物

滑稽一词的原义，前人颇多考证，现在泛指令人发笑的言行或事件，也即诙谐之意。司马迁《史记》专门列有《滑稽列传》，后来褚少孙又作了补充。传中的人物，大都口齿伶俐，才思敏捷，性格傲慢，又有文化素养，所以也多是宫廷清客，但从今天的眼光看，他们的事迹其实没有什么特别可笑之处，褚少孙甚至把西门豹也列为《滑稽列传》，前人已有非议。

在滑稽人物中，东方朔是著名的一个。他是汉武帝时齐国人，很有学问，后来成为民间化人物，把他看作古代的笑匠。南北朝时，还托他的名，伪撰《神异经》《海内十洲记》。《汉武故事》中又记他偷过王母的三千年结子的桃子，揭发这一秘密的是东郡所献的矮人，倒像孙悟空的大闹天宫。柳宗元《摘樱桃赠元居士》也有“蓬莱羽客如相访，不是偷桃一小儿”语。

韩愈曾经写过一首《读东方朔杂事》：

> 严严王母宫，下维万仙家。噫欠为飘风，濯手大雨沱。方朔乃竖子，骄不加禁诃。偷入雷电室，輷輘掉狂车。王母闻以笑，卫官助呀呀。不知万万人，生身埋泥沙。簸顿五山踣，流漂八维蹉 。曰吾儿可憎，奈此狡狯何？方朔闻不喜，褫身络蛟蛇。瞻相北斗柄，两手自相挼。群仙急乃言，百犯庸不科。向观睥睨处，事在不可赦。欲不布露言，外口实喧哗。王母不得已，颜嚬口赍嗟。颔头可其奏，送以紫玉珂。方朔不惩创，挟恩更矜夸。诋欺刘天子，正昼溺殿衙。一旦不辞诀，摄身凌苍霞。

韩愈咏古代人物，大都依据经史，这一首却采取小说家言。有的说是影射张三，有的说是暗喻李四，究竟实指何人，只有诗人自己明白，但他在讽刺唐代某一权贵则无疑问。我们现在姑且当作故事看，其中自有会心微笑地方。

玉山上王母娘娘的宫闱本来十分庄严，下面环绕的都是众仙府邸。她们张口欠伸便成为旋风，以水洗手即化作大雨。东方朔是个野小子，居然也混迹在仙界，平日骄傲放肆却不加以压制，这使他的胆子更大了，竟潜入雷电房，把那轰轰作响、闪闪发光的雷车也偷走了。王母反而张开笑口，笑朔儿有本领，卫官们也随口附和，像看到戏剧中小丑的逗耍。可是山中的仙人，哪里知道下界成千上万的人或身埋泥沙，或颠簸荒山，或漂流天涯。后来王母也觉得这小子很惹气，只因狡猾诡诈，奈何不得。东方朔得知后很不高兴，索性脱光衣服，身缠龙蛇，使人家不敢走近他，把主掌号令的北斗柄也夺了过来，用双手搓弄着（意为攘夺国柄），这一来，群仙发急了，便向王母启奏：这小子冒犯天条，岂能不予惩罚？再看看他窥窃的北斗所在地，实在罪不容赦，如果隐忍下去，不向外界宣布，又如何堵塞喧腾的众口？王母皱皱眉头，叹口气，只得点头照办，却又把紫玉的饰器送给东方朔，表示明罚暗抚，这自然不会使他儆戒，反而恃恩夸炫，洋洋自得，甚至以刘天子为可欺，在宫殿中撒起尿来，后来便不辞而别，腾空而去，谁也不知道他在哪里？

全诗皆用小说家言，但当殿小便，却是根据正史《汉书》："朔尝醉入殿中，小遗殿上。劾不敬，有诏免为庶人。"

韩愈以游戏笔墨写滑稽人物，"骄不加禁诃"是全书主题，诗人所要讽喻的还是那位高高在上、姑息养奸的王母娘娘。

褚少孙的补传中，还有一个战国时齐国的淳于髡。刘禹锡曾经写过一首《题淳于髡墓》：

生为齐赘婿，死作楚先贤。应以客卿葬，故临官道边。
寓言本多兴，故意能合权。我有一石酒，置君坟树前。

五六两句意谓：寓言本多有醒世之意，古代的滑稽故事，也能给善于权谋诡计的人借鉴。

柳宗元写了一首《善谑驿和刘梦得酹淳于先生》：

水上鹄一去，亭中鸟又鸣。辞因使楚重，名为救齐成。
荒垅遽千古，羽觞难再倾。刘伶今日意，异代是同声。

善谑驿在襄州之南，为淳于髡放鹄（天鹅）之处。齐威王曾对淳于髡说过“不鸣则已，一鸣惊人”的话。后来楚国率大兵侵齐，齐王派淳于髡向赵国求救，赵王乃给予精兵革车，楚国便引兵退去，所以柳诗说“名为救齐成”。

淳于髡的故事，最使人感兴趣的是放鹄。

齐王使淳于髡献鹄于楚国，走出城门，半途中鹄飞走了，于是拿着空笼，往见楚王说：我到了水边，不忍鹄之口渴，放它出来，让鹄喝水，不想鹄乘机飞逃了。我本来想自杀，恐怕别人说大王为了鸟兽缘故，迫得士人自杀。鹄是毛物羽类，和它相似的很多，我想另买一只代替，又成为欺骗大王。我想逃奔他国，又将使齐楚两国之主不相通问，因为齐王原是派我到楚国来的，所以现在特来叩头请罪。楚王听了大为赞扬，说：“齐王有信士若此哉！”便以财物厚赐之，淳于髡取得的比鹄在笼中时还多。

淳于髡的原意并非想逗引楚王的欢娱，而是以侥幸之心前往。这件事要说滑稽，滑稽却在这里：说谎的人可以获取信士的美名，又得到厚赏，果真名利双收。如果淳于髡老老实实地向楚王诉述鹄飞走的真相，说不定性命难保。

自然，说谎并不容易，需要高度的技巧，试看淳于髡编造的谎言，何等婉转，何等周密，各方面都考虑到了，态度又是何等恳切卑屈，最后又认错服罪，楚王怎会不上当呢？

这两件故事，真正令人感到滑稽可笑的还是王母娘娘和楚国国王。

打猎与打球

汴州之乱后，韩愈乃往徐州入武宁军节度使张建封之幕，建封任愈为节度推官（掌管勘问刑狱）。时为贞元十五年（799）。他写了一首《赠张徐州莫辞酒》：

莫辞酒，此会固难同。请看工女机上帛，半作军人旗上红。

莫辞酒，谁为君王之爪牙？春雷三月不作响，战士岂得来还家？

诗中的爪牙，古代都是称武臣的美词，犹言心腹、股肱，现代则皆含贬义。当时东南极为混乱，四方多警，却未闻将帅出师平乱，所以韩愈借此以激励讽喻。这当是韩愈抵徐州后为张建封而写的第一首诗。但他在张幕中写的最精彩之作，是《汴泗交流赠张仆射》和以下的《雉带箭》：

原头火烧静兀兀，野雉畏鹰出复没。将军欲以巧伏人，盘马弯弓惜不发。地形渐窄观者多，雉惊弓满劲箭加。冲人决起百余尺，红翎白镞随倾斜。将军仰笑军吏贺，五色离披马前堕。

这首诗篇幅并不长，却节奏紧凑，力度很强，力度强是韩诗一大特色。诗中有射者、观射者和被射者，各有各的表情。

出猎时应是很喧闹的，可是原头却显得静兀兀，这是猎队到达后的实况。第一句本来是常语，用一“静”字便妙处无穷。古人常以“鹰犬”并提，两者都是田猎时的得力助手，鹰眼敏锐，王维《观猎》的“草枯鹰眼疾”，即指草枯时猎物很快被鹰发现，也是传诵的警句。野雉本已出林，见鹰而复躲藏，这是曲摹禽鸟的本能。由于野雉出没无常，将军便耐性伺候，却很有命中的信心，故而盘马弯弓却不随便发射。诗的神情关节不在既射之后，而在未射之际。

接下来写猎场逐渐缩小，观众却在增加，紧张拥挤之状如在读者眼前。曹植《七启》论羽猎之美云：“人稠网密，地逼势胁。”韩诗当是用其意。

雉见人多而惊，惊而飞翔，将军使劲射去。雉骤中箭犹能冲人急起高飞，随即负伤堕地。红翎指羽毛沾血，白镞指箭头光亮，即题目《雉带箭》的修饰词。雉的羽毛很华丽，所以末句说“五色离披”，以“马前堕”作结，尤显得余情不尽。

洪迈《容斋三笔》记苏轼很爱此诗，以为妙绝，曾大字书之。查晚睛说：“看其形容处，以留取势，以快取胜。”所以此诗既写射艺，又合诗艺，后人以为与《汴泗交流赠张仆射》同工：

> 汴泗交流郡城角，筑场千步平如削。短垣三面缭逶迤，击鼓腾腾树赤旗。新雨朝凉未见日，公早结束来何为？分曹决胜约前定，百马攒蹄近相映。球惊杖奋合且离，红牛缨绂黄金羁。侧身转臂着马腹，霹雳应手神珠驰。超遥散漫两闲暇，挥霍纷纭争变化。发难得巧意气粗，欢声四合壮士呼。此诚习战非为剧，岂若安坐行良图？当今忠臣不可得，公马莫走须杀贼。

张建封当时加检校右仆射衔。汴水在徐州之西，泗水在徐州之南，所以说“交流”。球场用环绕的矮墙围住，球队分为两队，百马形容赛手之多。“合且离”指球经杖击后滚动，“红牛”句指用牛毛染成红缨，用黄金制成马络头，霹雳是球的撞击声。球小如拳，以轻而韧的木头做成，当中空腹。

“超遥散漫两闲暇”，是说击球后有时人马散开，略作间歇，为下面迅奋（挥霍）激烈的争夺做准备。由于双方势均力敌，发球必须发得使对手不易还击，所以说“发难”，对手却能以高巧的技术应接，所以说“得巧”，因而意气风发，欢声四起。下面四句是对张建封的规劝之词。

中国在汉代时已有蹴鞠，略如今之足球，本为军中习武之戏（打猎原也寓习武意义），后来便成为流行的游戏，《水浒传》写高俅之踢气球，便是蹴鞠的沿习。鞠是皮革所制，马球是木头所制，所以撞击时有霹雳之声。

韩诗写的是骑在马上，以杖相击，当时名为波罗球，发源于波斯。《金史·礼志》记有金代打马球的梗概：杖长数尺，端如偃月，两队共击一球。球场南立两柱，置以木板，下开一孔为门，加网为囊，能夺得球入网者为胜。唐代的波罗球，大致也是这样。向达的《唐代长安与西域文明》附有明代打球图，两队四人，皆骑马上，中两人各以杖争击一球。说明至明代还在流行。

唐代自太宗开始，帝王皆喜爱打球，宋晁无咎《题明皇打球图》：“宫殿千门白昼开，三郎沉醉打球回。九龄已老韩休死，明日应无谏疏来。”这是讽刺明皇之沉湎于打球。晚唐的僖宗尤自负擅长此技，曾问优人石野猪：“朕若应击球进士举，须为状元。”石答道：“若遇尧舜作礼部侍郎（礼部主管考试），恐陛下不免驳放。”这是当面讽刺球迷皇帝了。

唐代宫廷内，还教宫人打球，王建《宫词》：“对御难争第一筹，殿前不打背身球。内人唱好龟兹急，天子鞘回过玉楼。”头两句是说，因为在殿前不能打背身球，所以要争头筹（得胜）就很困难。背身球是背朝皇帝，所以被禁打。

古人以“内作色荒，外作禽荒”比喻人之沉湎于女色和田猎，因为游戏过了分，自然会妨碍正事，何况是帝王将相，上述晁无咎诗及石野猪对语，即含此意。韩愈的《雉带箭》也许已对张建封作了婉讽，第二首的劝诫之意更为明白，“公早结束来何为”，即有讽喻意。“此诚”两句是说：这固然是习战而非戏剧，但怎能比得上在军营中运筹决策呢？结末四句，和《莫辞酒》有共通之处。他还写信给建封，指出打球对马害处很大，因为马在球场中的动作与平时的奔驰不同。《旧唐书·韩愈传》称其在徐州时“发言真率，无所畏避”，想必包括这几首诗的写作。此诗并可与杜甫的《冬狩行》合观，杜诗用意也是打猎不如擒戎。

张建封事后写了一首《酬韩校书愈打球歌》，末尾说：“韩生讶我为斯艺，劝我徐驱作安计。不知戎事竟何成，且愧吾人一言惠。”他在诗中虽颇为自己辩解，但对韩愈的好意还是表示感谢。

今天，从体育史角度看，韩愈这首诗倒是很现成的资料，尤其是用诗歌写的，更为难得。

徐州燕子楼

由张建封之镇徐州，很自然地会想起关盼盼（一作“眄眄”）的故事。

燕子楼在徐州城西北角，楼中的女主人是张尚书的家妓关盼盼。贞元十九年（803），白居易为校书郎，游徐泗间，张尚书设宴欢待，并命盼盼出来相见，居易乃赋“醉娇胜不得，风袅牡丹花”赠之。自此一别十二年，不再有讯息。元和十年（815），司勋员外郎张仲素（缋之）来访问他，吟其新诗《燕子楼三首》。仲素供职于武宁军多年，所以知道盼盼始末。他说张尚书殁后，彭城（徐州）还有张氏旧宅，盼盼因念旧爱，居楼中十余年，“幽独块然，于今尚在”。居易因爱仲素新作，感彭城旧游，即以同题作了三首诗。这时他四十四岁，在长安任太子左赞善大夫。

满窗明月满帘霜，被冷灯残拂卧床。燕子楼中霜月夜，秋来只为一人长。

钿晕罗衫色似烟，几回欲着即潸然。自从不舞霓裳曲，叠在空箱十一年。

今春有客洛阳回，曾到尚书墓上来。见说白杨堪作柱，争教红粉不成灰。

第三首的末两句，是说张尚书墓前的白杨已可作柱子，红粉佳人，又怎（争）不憔悴老去？《唐宋诗醇》卷二三：“一唱三叹，余音绕梁，似此风调，虽起王昌龄、李白辈为之，何以复加。”可见评价之高。

计有功《唐诗纪事》，还说这三首是酬和盼盼之作，并引录盼盼诗：

楼上残灯伴晓霜，独眠人起合欢床。相思一夜情多少，地角天涯不是长。

北邙松柏锁愁烟，燕子楼中思悄然。自埋剑履歌尘散，红袖香销一十年。

适看鸿雁岳阳回，又睹玄禽逼社来。瑶瑟玉箫无意绪，任从蛛网任从灰。

白居易在诗序中只说“徐州故张尚书有爱妓曰盼盼”，没有明说张尚书的名字，后人便以为即张建封，实是大错。

张建封死于贞元十六年，白居易任校书郎，游徐泗在贞元十九年，怎么会见到张建封？说来蹊跷，这位张尚书原来还是张建封的儿子张愔。

张建封死后，由张愔领本州留后，自贞元十六年至元和元年，控制徐州军队的都是张愔，卒后赠尚书右仆射，所以，那次邀宴白居易的即张愔，被居易所和的其实就是张仲素的诗，不是关盼盼写的。

居易又作过《感故张仆射诸妓》：

> 黄金不惜买蛾眉，拣得如花三四枝。歌舞教成心力尽，一朝身去不相随。

题目说“诸妓”，可见张愔家妓不止盼盼一人，后人又附会说，这诗是暗示盼盼应当为故主殉节而死，陈彦之因而有诗云：“仆射新阡狐兔游，美人犹住水边楼。乐天才思如春雨，断送残花一夜休。”未免把白居易写得太残忍了。居易原意，只是说张氏不于心力未尽时遣散诸妓，一旦身死之后，自不能相随，意即徒令诸妓在家中断送青春。

关盼盼的燕子楼故事自此即广为后人称道，文天祥也写过《燕子楼》，着重于盼盼的不下楼，以“但传美人心，不说美人色”作结，借此抒发他的孤臣孽子之心。小说戏曲尤其当作热门题材，《警世通言》有《钱舍人题诗燕子楼》，写盼盼得居易诗，欲堕楼自杀，被侍女劝阻而止。

韩愈曾入张建封之幕，白居易曾赴张愔之宴并为关盼盼赋诗，这也是张氏父子和文士的因缘。韩比白大四岁，两人诗歌在语言的使用上完全不同，但长庆年间在长安时，也有唱和之作，韩愈有《早春与张十八博士籍游杨尚书林亭，寄第三阁老兼呈白冯二阁老》：

墙下春渠入禁沟，渠冰初破满渠浮。凤池近日长先暖，流到池时更不流。

杨尚书指杨嗣复，白指居易，冯指冯宿，三人皆任中书舍人，唐代以中书舍人年久者称阁老。凤池指中书省所在地，近日指接近帝座。这是指杨氏林亭和凤池相接，故见冰破而怀念三人。

白居易便作了《和韩侍郎题杨舍人林池见寄》：

渠水暗流春解冻，风吹日夜不成凝。凤池冷暖君谙在，二月因何更有冰？

末两句即答韩愈之问，意思是，凤池的冷暖您应该很明白，二月里怎么会有冰？

就诗而论，都是应酬之作，没有多大特色。

还有一首《同水部张员外曲江春游寄白二十二舍人》：

漠漠轻阴晚自开，青天白日映楼台。曲江水满花千树，有底忙时不肯来？

同游者也是张籍，当时由国子博士迁水部员外郎。末句的“有底忙”即“怎么这样忙”的意思。

居易和诗云：

小园新种红樱树，闲绕花行便当游。何必更随鞍马队，冲泥踏雨曲江头。

意思是游小园、绕花行即有佳趣，曲江车马纷纭，何必跟在后面冲泥踏雨，自讨没趣？韩诗说“漠漠轻阴晚自开”，可见这两天是阴雨天气。

世传韩白无往来之诗，自非事实，但两人交谊并不深挚，这里或牵及人事上的复杂关系，故而居易《久不见韩侍郎戏题四韵以寄之》有“近来韩阁老，疏我我心知”语。

韩愈死后，白居易《思旧》中有“退之服硫磺，一病讫不痊”语，说明韩愈是服硫磺而死的。这也是韩愈晚年生活的隐秘，留待后面来谈。

衡岳题诗

衡岳即衡山，也称南岳，跨旧长沙、衡州二郡。衡山有七十二峰，以祝融、紫盖、云密、石廪、天柱五峰为最高，五峰各有隶属，如朝日岗方、烟霞等隶祝融。杜甫曾有《望岳》："祝融五峰尊，峰峰次低昂。紫盖独不朝，争长相望並。"意谓紫盖偏与祝融争长，相峙而立，不向朝拜，写得很风趣。不过，杜甫自己未曾上去，只是眺望，故诗中有"牵迫限修途，未暇杖崇冈"语。

贞元十九年，京畿大旱。韩愈因上书请宽民徭，被贬为连州阳山（今属广东）令。永贞元年（805）遇大赦，由郴州（今湖南郴县）赴江陵府任法曹参军，途中游衡山时写了一首《谒衡岳庙遂宿岳寺题门楼》：

五岳祭秩皆三公，四方环镇嵩当中。火维地荒足妖怪，天假神柄专其雄。喷云泄雾藏半腹，虽有绝顶谁能穷？我来正逢秋雨节，阴气晦昧无清风。潜心默祷若有应，岂非正直能感通？须臾静扫众峰出，仰见突兀撑青空。紫盖连延接天柱，石廪腾掷堆祝融。森然魄动下马拜，松柏一径趋灵宫，粉墙丹柱动光彩，鬼物图画填青红。升阶伛偻荐脯酒，欲以菲薄明其衷。庙令老人识神意，睢盱侦伺能鞠躬。手持杯珓导我掷，云此最吉余难同。窜逐蛮荒幸不死，衣食才足甘长终。侯王将相望久绝，神纵欲福难为功。夜投佛寺上高阁，星月掩映云曈昽。猿鸣钟动不知曙，杲杲寒日生于东。

这首诗表现了韩愈的“横空盘硬语，妥帖力排奡”的本色，程学恂推为韩愈七古中第一。押韵句末尾皆用三平调，如“嵩当中”“专其雄”“谁能穷”等（少数用平仄平），王士禛称为七言平韵到底之正调。翁方纲《七言诗平仄举隅》说：“少陵《瘦马行》，平声一韵到底，尚非极着意之作。此种句句三平正调之作，竟要算昌黎开之。”这些固然是技术问题，却说明古人作诗肯下功夫，而后人又能钻研赏识。一首好诗的成功，就是要从内容到形式都有特色。

开头六句，气象阔大，腕力壮健，颇有先声夺人之势。五岳指东岳泰山，南岳衡山，西岳华山，北岳恒山，嵩山居中原河南，称中岳。按照古代帝王的祭典，五岳享有爵秩至高的三公礼遇。古人以岳伯称封疆大吏，五岳之导，见国家对土地之重。

衡山处在南方炎荒之地，长沙素有火盆之称，古人以为是火神祝融所治，摄位火乡，妖魔鬼怪，须由神灵镇扼。韩愈《送廖道士序》即说："南方之山，巍然而高大者以百计，独衡为宗。最远而独为宗，其神必灵。"

"虽有绝顶谁能穷"，托出诗人的勇气，但他归功于神灵的感应。神灵为什么会感应呢？因为《左传》上说过"神聪明正直而壹者也"的话，其实是借此发牢骚。他是因逢大赦才到衡岳的。正直是指神，不是指他自己，但如果他做的真是错事，正直的神明怎会保佑他？这一句是牢骚的初露头角。

过了一会儿，果然浮云扫尽，诸山兀立，历历可见，苏轼《潮州韩文公庙碑》因而说："公之精诚，能开衡山之云。"诗人为此而严肃紧张，下马而拜，可见他是乘马上山的。韩愈这时才三十八岁，所以体力笔力都很壮健。汪佑南《山泾草堂诗话》说："是登绝顶写实景，妙用'众峰出'领起。盖上联虚，此联实，虚实相生，下接'森然动魄'句，复虚写四峰之高峻的是古诗神境。"韩愈在山寺写诗时只是信笔而成，但后人欣赏时却要重视结构。总而言之，为人在世，不要乱写诗。

诗人沿着松柏古径来到了殿堂，只见白墙红柱上都用彩色绘上鬼怪，随即拿出酒食祭祀，又向神明打过招呼：菲薄的礼品，不过表表我的心意而已。

唐代制度，五岳各设立庙令一人，正九品，掌管祭祀。“庙令老人”两句，含诙谐意味，“识神意”其实是懂得世故，睢盱侦伺是瞪着眼睛在旁窥视，能鞠躬是善于鞠躬，这类人物和巫师差不多，韩诗这一句即曲尽其面目。

庙令不知道韩愈的身份，所以当作普通的游客，拿出杯珓（木制或角制的卜具）教他占卜，卜时三祷三掷。诗人掷后，庙令说：只有这一卦最灵验，别的都不能相比。

庙令信口而说，诗人却满腹牢骚，牢骚中表现出他的矛盾：他对现实似乎已灰心冷淡，可是内心深处仍未能忘情于王侯将相。热中是韩愈性格上主要一面，患得患失是韩愈此诗末段的心理浮标。

最后，他到高阁上去睡觉了。前面一大段全是描写南岳的山景、进灵宫的动作，“夜投佛寺上高阁”，才点明题中的岳寺。诗人睡到猿鸣钟动，还不知天已亮了。谢灵运《从斤竹涧越岭溪行》有“猿鸣诚知曙”句，韩诗翻用其意，仍然寓牢骚意味。

久住在喧闹的大城市中的人，山寺之夜其实是很可流连的，特别是在秋天，风清月明，四望肃然，望着妙相庄严的佛像，一种隐隐的宗教感情，自会来轻叩你的心扉，精神上会得到暂时的解脱，哪怕是不持久的。

早梅诗

梅花是中国的传统名花，花期在百花之前而又不与百花争艳，所以能独标高格，名列百花之首。她的故土是中国，后来引种至日本。她的栽培史至少已有三千年，并且常享高寿，长达几百年的很多，浙江天台山国清寺一株梅花，自隋代活到现在，就有一千三百年了。

梅花的花期各地不同，最早的是广东、台湾，次为四川、云南、贵州，北京则迟到阳历四月，这自然因气候关系。又因梅花开时在冬春之交，正是下雪时候，两者又皆白色，雪里寻梅便成为诗人的好题材。白色之外，还有红梅和绿梅，《红楼梦》第四十九回《琉璃世界白雪红梅》，那红梅却长在妙玉栊翠庵中，如胭脂一般，映着雪色，引得宝玉立住，“细细的赏玩了一回方走”。

梅花的家谱见于先秦书中，但说的大都指梅实，即梅子。《诗经·召南》：“摽有梅，其实七兮”，那是说，梅子零落地上，树上还有七成，隐喻一位女子为青春渐逝而感伤。《尚书·说命》：“若作和羹，尔惟盐梅”，那是把盐和梅作为调味品用，味在酸咸之中。安徽含山县东南有梅山，俗传曹操望梅止渴处，即因梅子味酸而可解渴。但《小雅·四月》又说：“山有嘉卉，侯栗侯梅。”卉即花，这当是指野梅，今四川海拔一千三百米的山区，犹发现野梅。《说苑》记越国使诸发持一枝梅以赠梁王，梁臣韩子顾左右曰：“恶有一枝梅乃遗列国之君乎？”则在战国时梅花已供赏玩了。

以五七言而写梅花诗的，大概盛于梁、陈时，自唐至宋，尤为纷繁，取材的角度也各不相同，其中早梅一题，也很引起诗人的兴趣。五代时僧人齐己《早梅》诗有“前村深雪里，昨夜数枝开”句，郑谷改下句为“昨夜一枝开”，使齐己大为佩服，时人称为“一字师”。齐诗“数枝开”固然仍切早梅，但“一枝”更觉语健而意远，也突出了这一枝在众梅中的地位。

韩愈有《春雪间早梅》一诗：

梅将雪共春，彩艳不相因。逐吹能争密，排枝巧妒新。谁令香满座，独使浮无尘。芳意饶呈瑞，寒光助照人。玲珑开已遍，点缀坐来频。那是俱疑似，须知两逼真。荧煌初乱眼，浩荡忽迷神。未许琼华比，从将玉树新。先期迎献瑞，更伴占兹辰。愿得长辉映，轻微敢自珍？

题目的“间”为“间杂”之间，意思是春雪与早梅交错，一彩（雪）一艳（梅），本不相因，但交错在一起，却助人诗情。梅花随风雪之飞吹而开得更密了，梅枝因被排挤而有妒意。巧指枝形，新指早梅。“谁令香满座”至“寒光助照人”都是分咏梅雪，一句一意。“玲珑开已遍，点缀坐来频”也是分咏，但又有连贯处。“坐来”犹言顷刻，意谓梅花已玲珑开遍，刹那间又加上雪花频频点缀，这怎能不使人有疑似之心，实在因为两者太逼真了。这一句是收分为合。

荧煌、浩荡皆指雪，《瀛奎律髓》纪昀评云：“荧煌”二字不似雪，“浩荡”二字更不似，“忽迷神”三字不雅。评得很对。“先期”两句，意谓去年冬已下过雪，今年春又结伴而来。末两句是借雪自寓：但愿光辉长映，何敢自惜轻微之身。结末四句，已与梅无关。

这首诗为元和元年（806）韩愈任江陵府法曹参军时为府主裴均而作，所以末两句这样说。韩诗的出色之作多半在古风，律诗非韩愈所长。此诗实类试帖诗，只图着意刻画，不能表现他的真性格，但如“逐吹能争密，排枝巧妒新”，犹是韩诗本色。

再来看看柳宗元的《早梅》：

早梅发高树，回映楚天碧。朔吹飘夜香，繁霜滋晓白。
欲为万里赠，杳杳山水隔。寒英坐销落，何用慰远客？

这是他谪永州时作，其中就有他自己的真挚感情，语言也很自然，无雕琢之迹。韩柳俩人的性格、诗风固然不同，但两诗所以有此差别，还因彼此处境不同。韩愈在前几年虽遭贬阳山，这时已蒙赦至江陵，宗元则犹飘零湘中，极为孤寂。第五句“欲为万里赠”，用陆凯自江南寄梅花一枝至长安给范晔典，凯并有诗云：“江南无所有，聊赠一枝春。”事见盛弘之《荆州记》。陆凯为三国吴人，范晔为南朝宋人，时代相差很远，学者已有怀疑，但作为熟典，沿用已久。

李商隐有一首《十一月中旬至扶风界见梅花》五律：

匝路亭亭艳，非时裛裛香。素娥惟与月，青女不饶霜。
赠远虚盈手，伤离适断肠。为谁成早秀，不待作年芳。

这首诗是开成四年（839）作者调补弘农尉，赴泾元节度使幕迎家之作。诗里没有明说早梅，但阴历十一月中旬已在西北的扶风界（今陕西凤翔一带）见到梅开，可见也是早梅，诗中的“非时”“早秀”及末句，都是指开得早。“匝路”是绕路，“赠远虚盈手”也是用陆凯赠诗典。

三四两句的素娥即嫦娥，指月，青女指霜神。这是大家都知道的。但这两句是自伤冷落不过，那么，又怎样理解诗人的寓意呢？

《瀛奎律髓》方回批云：“此谓梅花最宜月，不畏霜耳。添用素娥青女四字，则谓月若私之而独怜，霜若挫之而莫屈者，亦奇。”纪昀说：“三、四爱之者虚而无益，妒之者实而有损。”周振甫《诗词例话·咏物》不同意方回之说，却有很中肯的解释：素娥使月亮放出皎洁的光，这种光对梅花相宜，却不是为了要赞助梅花，赞助的还是月亮，所以梅花实际上没有得到赞助。霜神不因梅开而少下霜。这两句是以梅花的遭遇，以及同月和霜的关系，比喻自己这时的处境。咏物诗固可寄托，但“寄托的话还是贴切咏物的，既是写梅花，也是自寓，这样的咏物，才是好的咏物诗”。可是没有振甫先生这番解释，方回的解释似乎也有道理，有了周说，才体会到李商隐作诗时的隐曲心事。

夜赏李花

李花常与桃花并提，因开时都在春天。桃花红而李花白，红白交映，曹植《杂诗》所谓“南国有佳人，容华若桃李”，即是形容女子姿色的红艳和白净。

夜间赏花，古人认为也是雅事，白居易《惜牡丹花》：“明朝风起应吹尽，夜惜衰红把火看。”王建《惜欢》：“岁去停灯守，花开把烛看。”司空图《落花》：“五更惆怅回孤枕，自取残灯照落花。”李商隐《花下醉》：“客散酒醒深夜后，更持红烛赏残花。”后人对李诗评价颇高，以为是花之知己，但从上述诸诗看，也是唐人常题。苏轼《海棠》尤有名：

> 东风袅袅泛崇光，香雾空濛月转廊。只恐夜深花睡去，故烧高烛照红妆。

冯浩以为从商隐诗脱出，未必如此。马位《秋窗随笔》，评李诗胜于苏诗："苏微有小疵，既'香雾空濛月转廊'矣，何必更烧红烛？此就诗之全体言也。"未免苛求。香雾空濛，正需高烛相照。杨慎《升庵诗话》卷一："盖昼午后，阴气用事，花房敛藏。夜半后，阳气用事，而花敷蕊散香。"也是故神其说，孟子所谓"固哉高叟"。

韩愈于元和元年（806）在江陵时，写过一首《李花赠张十一署》，内容也咏晚上赏花，却是别开生面之作：

> 江陵城西二月尾，花不见桃惟见李。风揉雨练雪羞比，波涛翻空杳无涘。君知此处花何似，白花倒烛天夜明，群鸡惊鸣官吏起。金乌海底初飞来，朱辉散射青霞开。迷魂乱眼看不得，照耀万树繁如堆。念昔少年著游燕，对花岂省曾辞杯？自从流落忧感集，欲去未到先思回。只今四十已如此，后日更老谁论哉？力携一樽独就醉，不忍虚掷委黄埃。

韩愈赏花在夜间。桃花虽浓艳，经过雨淋，在暗夜中反而见不到，李花则因反光强烈而凸现。描写光在特定条件下对人心理的刺激，这一句精彩极了。杨万里《读退之李花诗》前有小序云：“桃李岁岁同时并开，而退之有‘花不见桃惟见李’之句，殊不可解。因晚登碧落堂，望隔江桃李，桃皆暗而李独明，乃悟其妙，盖炫昼缟夜云。”并作诗道：“近红暮看失燕支，远白宵明雪色奇。花不见桃惟见李，一生不晓退之诗。”可谓韩诗知音。王安石《寄蔡氏女子》也有“积李兮缟夜，崇桃兮炫昼”句。

马位《秋窗随笔》：“郑谷‘月黑见梨花’，佳句也，不及退之‘白花倒烛天夜明’为雄浑，读之气象自别。义山《李花》诗‘自明无月夜’，与退之未易轩轾。”花中唯李花于夜中独白，韩、李诗故特写其明。

由此而引出群鸡惊鸣，以为天已亮了，官吏闻声而起，真是想入非非。下面“金乌”两句是承上文而说，仍是想象之词。这是着力烘托李花光泽的魅力，就是在迷魂乱眼的朝阳下，依然繁密如堆。这却不及“花不见桃惟见李”之高妙，因为这用在其他盛开的繁花上也可以，上述李商隐的“自明无月夜”，下句为“强笑欲风天”，上一句只能用在李花上，所以为人盛赞，下一句便无针对性，韩诗也有这缺点。

接下来是抒写自己的感慨，感慨的由来则因曾经流落岭南之故，当时每想赏花便先思家，现在年已四十（实为三十九），自不忍虚掷。因为张署患病未曾同往，所以说“独就醉”。韩愈在看了居邻北郭古寺的杏花后，在诗中末尾说：“今旦胡为忽惆怅？万片飘泊随西东。明年更发应更好，道人莫忘邻家翁。”也是同年所作，也是因花之盛衰而兴身世之感。

总之，这首李花诗的特色还在前七句，后面的一段感慨只是平平，李白《春夜宴桃李园序》中就有类似的情调。

双李案

韩愈有许多缺点和弱点，如急躁冲动、意气用事、自视甚高、热中利禄，这是大家公认的。

他因谏佛骨而被贬，到潮州后即上表谢恩，这原是官样文章，但表中力陈他如何用文字铺张宪宗功德，甚至还请宪宗封禅，后人因此颇有讥讽，俞文豹《吹剑录》中说潮阳的涨海炎风，使他的“向来豪勇之气，销铄殆尽”，黄震《黄氏日钞》卷五十九，说他“汲汲乎苟全性命，良可悲矣乎”。获罪望赦，说几句混话，也是人情之常，但一经和他《论佛骨表》的“凡有殃咎，宜加臣身，上天鉴临，臣不怨悔”的话相对照，则后人对他的责难，正是以子之矛，攻子之盾。

贞元十七年（801），韩愈写了一篇《郑李愿归盘谷序》，内容是友人李愿将归盘谷（在今河南济原北）隐居，他借此对世态作了讽喻。此文后人评价很高，苏轼甚至说唐无文章，唯有这篇韩序，“平生愿效此作一篇，每掩笔辄罢”（《东坡题跋》）。这虽然含戏语意味，亦见此文誉满人间。

元和六年（811），他又写了一首《卢郎中云夫寄示送盘谷子诗两章歌以和之》：

昔寻李愿向盘谷，正见高崖巨壁争开张。是时新晴天井溢，谁把长剑倚太行？冲风吹破落天外，飞雨白日洒洛阳。东蹈燕川食旷野，有馈木蕨芽满筐。马头溪深不可厉，借车载过水入箱。平沙绿浪榜方口，雁鸭飞起穿垂杨。穷探极览颇恣横，物外日月本不忙。归来辛苦欲谁为，坐令再往之计堕渺茫。闭门长安三日雪，堆书扑笔歌慨慷。旁无壮士遣属和，远忆卢老诗颠狂。开缄忽睹送归作，字向纸上皆轩昂。又知李侯竟不顾，方冬独入崔嵬藏。我今进退几时决？十年蠢蠢随朝行。家请官供不报答，无异雀鼠偷太仓。行抽手版付丞相，不待弹劾还耕桑。

卢云夫为卢汀，他写了两首送盘谷子（李愿）诗后寄给韩愈，韩愈便作此诗和之。

韩愈从前到太行山以南的盘谷访问过李愿，只见这一带水自天井关（即太行关）倾泻而下，远望如长剑倚山，大风又吹破长剑，化为飞雨，洒到洛阳。这两句语诞而情奇，却把太行和洛阳联接起来了。苏轼《有美堂暴雨》的“天外黑风吹海立，浙东飞雨过江来”，即从韩诗脱胎。

燕川与下文的方口，都是盘谷附近小地名。因为溪深，便借车乘载，水便进入了车厢，于是又用船行。他想起卢云夫的送盘谷诗，“字向纸上皆轩昂”。这一句正好反过来形容韩诗的特色，洪亮吉《北江诗话》说，李白诗佳处在不着纸，杜甫诗佳处在力透纸背，韩诗佳处在“字向纸上皆轩昂”。

接下来是诗人自己的感慨：他自从为御史登朝已经十年，拿了月俸（家请）餐钱，却对国家无报答，很想把手版（朝笏）交给丞相，不必等待弹劾便退居山林。

此诗前人也颇有好评，这里选录高步瀛《唐宋诗举要》的评语：“奇思壮采以闲逸出之，或云似杜，或云似李，仍非杜非李而为韩公之诗也。”

可是诗中的李愿究竟是何等样人？韩愈诗文中一点没有提到他的身世。恰好唐代名将西平王李晟的儿子也叫李愿。他是一个武人（下简称“武李”），纵情声色，以威刑治下，激成部下怨变，就此逃去，后又为节度使，结纳权要。总之，是一个名声很坏的武人。有人说，李愿以罪去职，韩愈只字不提他的来历，正是用心良苦。

有人说，这是另一个李愿（下简称“文李”），生平不详，理由是：李晟曾以临洮未复，请附籍贯于万年（今陕西西安附近），那么，武李应当是长安人，于盘谷不得曰归。这理由还不是很充足，因为归隐不一定是归乡，长安人也可归隐他地。其次，韩序作于贞元十七年，武李当时为宿卫将，韩诗作于元和七年，武李方任节度使。《唐书》未载有栖隐事，事实上也不可能会栖隐的。

历史上同名同姓的人多得很，故有专书的辑录。由于资料掌握上的局限，因而张冠李戴，即使是饱学之士，也是难免的。

但章士钊的《柳文指要》，却以大量的篇幅，坐实这李愿便是李晟之子，称此序为“韩退之第一恶札”，从而力贬韩愈的品格。章氏以为：武李既为清议所不容，非亟亟规避不可，因谋之于退之，退之便以入盘谷之策进。实则盘谷之为何地，事前武李固未尝涉足，事后恐亦无一日留，韩序中坐茂树，濯清泉云云，全是退之蓄意谄谀，无中生有，妄事渲染，以欺天下后世人。依章氏之说，韩诗的“昔寻李愿向盘谷”一段记事，也全是谎话了。

韩愈真是章氏说的那样，不仅其文其诗为恶札，其人也极为恶劣，现在却明明白白是另一个人。韩愈的缺点虽然很多，还不至恶劣到这个地步。

而且，按照章氏的说法，又如何解释卢云夫寄盘谷子诗这件事呢？难道他也是跟着韩愈在说谎么？

章氏并非没有看到前人揭指的韩序之李愿为另一人的资料，但他一一驳斥，如对袁枚、陈景云等，未免先入之见过深。清人储欣《唐宋八大家类选》评韩序云："公文有为人用坏者，《与于襄阳书》前半篇是也。有用不坏者，《送李愿序》是也。"那篇《与于襄阳书》确实写得很肉麻，储氏有好说好、有坏说坏的是非态度，实在值得取法。章氏所抨韩，却不是评价的高下问题，而是前提根本错误，所以结论便落了空。

前人以文李为武李的也有，都不曾和具体的历史情节核实。西平王的儿子名声大，见于正史，和韩愈又生活在同一时期，一看到归盘谷的李愿，本能地以为就是他，但武李怎么会归隐到荒僻的太行山以南呢？于是又曲为之说。近人胡怀琛《古文笔法百篇》，以李愿为西平王之子，以罪去职，"不但非抱道不仕真面目，即归隐之乐，亦未遂其本怀。所谓大丈夫之言，或出于愿，或不出愿，俱未可知"。其实已透露他对武李那样的人而隐居于盘谷，去过枯寂清苦生活这一矛盾，有些怀疑了。

东西两都的大雪

韩愈写过三首咏雪的长诗：《咏雪赠张籍》《喜雪献裴尚书》《春雪》，三诗用典很多，力气也花得不少，读起来很吃力，其中也有巧思奇句，但整篇却无内在联系，如七宝楼台拼凑而成，只能说是上等的试帖诗，正如《瀛奎律髓》所说："此种非正声，勿为盛名所慑。"姚范《援鹑堂笔记》评《咏雪赠张籍》中的"坳中初盖底，垤处遂成堆"二语说："余谓公此等诗无一语佳者，盖底成堆，凡陋可笑。"这两句诗也确实不像话。《春雪》中有这样两句："入镜鸾窥沼，行天马度桥。"意思是，因为雪满池塘，一片晶莹，鸾窥沼就像入境；因为满天都是白茫茫，马度桥就像行天。固然颇见巧妙，总觉美在化妆上，不在本色上。

这类诗虽是高才，也难以做好，如李商隐《喜雪》有这样四句："班扇慵裁素，曹衣讵比麻？鹅归逸少宅，鹤满令威家。”每句都用一个典故：班婕妤《怨歌行》有“新制齐纨素，皎洁如霜雪”语，《诗经·曹风·蜉蝣》有“麻衣如雪”语，王羲之性好鹅；传说辽东人丁令威曾化鹤而归。班扇、麻衣、鹅、鹤的形态和功用都与雪毫不相干，唯一相干的就是白色，可是天下有多少白色的东西，而且这四个典故，在唐代已经很熟滥了，也谈不到什么巧思匠心，既琐碎又堆砌，难怪有人以“獭祭”来讥讽商隐。倒是唐人“黄狗身上白，白狗身上肿”的打油诗，显得别出心裁。

但韩愈有一首《辛卯年雪》，还是写得好的：

元和六年春，寒气不肯归。河南二月末，雪花一尺围。崩腾相排挤，龙凤交横飞。波涛何飘扬，天风吹旛旗。白帝盛羽卫，鬖髿振裳衣。白霓先启涂，从以万玉妃。翕翕陵厚载，哗哗弄阴机。生平未曾见，何暇议是非。或云丰年祥，饱食可庶几。善祷吾所慕，谁言寸诚微？

这是一场大雪，地点在东都洛阳，当时韩愈任河南令。

雪片大到一尺，堆起来又崩溃，天上在龙飞凤舞，波涛翻滚，白旗迎风飘扬。天上的白帝（神话中五帝之一）盛领着侍卫，雪白的头发蓬松开来，从衣裳抖落到地上。白霓为白帝的仪仗队而开路，跟在后面的是上万个娇白的玉妃。他们会合一起陵驾大地，又在闹嚷嚷地玩弄阴沉的机变。雪本无声，这是因为大雪纷飞而出以想象，遂觉有声有色，见闻交错。这时诗人已四十三岁，而说“生平未曾见”，可见这场雪之大。

有人说雪兆丰年，这样大家可免于饥饿了，诗人希望但愿如此。

说来凑巧，这年夏历二月，西京长安也下了大雪，白居易曾作了《春雪》：

元和岁在卯，六年春二月。月晦寒食天，天阴夜飞雪。连宵复竟日，浩浩殊未歇。大似落鹅毛，密如飘玉屑。寒销春茫苍，气变风凛冽。上林草尽没，曲江冰复结。红干杏花死，绿冻杨枝折。所怜物性伤，非惜年芳绝。上天有时令，四序平分别。寒燠苟反常，物生皆夭阏。我观圣人意，鲁史有其说。或记水不冰，或书霜不杀。上将儆正教，下以防灾孽。兹雪今如何，信美非时节。

诗中的上林指宫中的园林，曲江在今陕西长安东南，为唐代名胜，说明夏历二月末西京也下了大雪。这一年白居易四十岁，任翰林学士，但他认为这并非好兆头，所以最后说：“兹雪今如何，信美非时节。”因为雪在腊中下是瑞兆，入春下容易成为灾患，这与韩愈不同，不过韩愈也是说“或云”。

大自然的运行原是有规律的，应热则热，应冷则冷，否则就是不正常。《春秋》经记僖公三十三年夏历九月，霜正浓时，却不杀草；定公元年八月，霜却杀菽（大豆之苗）。霜降在九月，所以两者都反常，《春秋》上就要记录，要人们警惕，这主要还在对农作物的利或害上设想，故而韩诗有饱食云云。

这次大雪，在正史的《旧唐书》上没有记录，因为这到底说不上灾异，如照韩诗说，还是祥瑞之兆。但两人所记都在二月底，白诗还说是寒食天。寒食在清明前一天或二天，照阳历算，清明例在四月五日。“连宵复竟日”，可见下了几天，否则，不至这样大而密。这些对于研究气象学的现代专家，也是很重要的资料，以文学作品而补正史之不足。

白诗也是五古，较韩诗长，但白诗写大雪只有“大似落鹅毛，密如飘玉屑”二句，其余都写雪的影响，自己的思辨。在技巧上，韩诗富有神话的奇丽诡瑰的色彩，着重于词藻的渲染、形象的塑造，白诗则平易自然，只用淡笔，又体现了两人的风格特色。由于两诗题材完全相同，所以更值得我们对照欣赏。

世外无桃源

陶渊明的《桃花源记》作于宋武帝刘裕篡晋之后。渊明不甘仕宋，所以文中的避秦，或有避宋之意。就文中描写的人物、风土看，实在没有什么神秘怪异地方。

除记文之外，渊明还写过一首诗：

嬴氏乱天纪，贤者避其世。黄绮之商山，伊人亦云逝。往迹浸复湮，来径遂芜废。相命肆农耕，日入从所憩。桑竹垂余荫，菽稷随时艺。春蚕收长丝，秋熟靡王税。荒路暧交通，鸡犬互鸣吠。俎豆犹古法，衣裳无新制。童孺纵行歌，斑白欢迎诣。草荣识节和，木衰知风厲。虽无纪历志，四时自成岁。怡然自行乐，于何劳智慧？奇踪隐五百，一朝敞神界。淳薄既异源，旋复还幽蔽。借问游方士，焉测尘嚣外？愿言蹑轻风，高举寻吾契。

诗中说，自从秦始皇乱政以后，贤人纷纷逃避，在秦末汉初的夏黄公、绮里季等商山四皓隐居于商山后，这些人也离开了秦朝，前往桃源。时间一久，这些人的踪迹已经模糊，往桃源的路径也荒芜了。

接下来是写迁居于桃源中人的生活：他们致力耕种，不受制度的束缚，没有捐税的负担，只适应自然的程序，到了太阳西逝便即休息。他们的器用服饰仍然遵守古法（因东晋上层集团多喜奇装异服），他们的内心世界却很舒畅，面部总是含着愉快的表情，连鸡犬之间也各以鸣声相亲。虽然没有标记时间的历法，但一年四季自成岁月，草荣木衰即知燠寒更迭。这种奇踪神界一直隐蔽了五百年，如今忽又敞露，但因和尘世风俗有淳厚浇薄之分，所以不久又隐蔽了。那些过惯世俗生活的人，怎能领会桃源中人的志趣。诗人却希望高蹈轻风，到那里去寻志趣相投的人。

但桃花源是否完全出于虚构，没有模特儿的呢？学者已有过论证。桃源之为寓言，无待赘说，桃源之有底本，或许是大家感到兴趣的。

陈寅恪《桃花源记旁证》，以为当时西北人民为逃避苻秦的暴政，有类似桃源的“坞聚”组织，陶渊明又与《搜神后记》的刘驎之入衡山采药、失道问径一事相牵合，也可备为一说。但陈氏以为避秦之秦指苻秦，未必正确。渊明笔下之秦实为嬴秦，若指苻秦，就不是这样写。

瞿蜕园《刘禹锡集笺证·桃源行》："《初学记》八引盛弘之《荆州记》：'宋元嘉初，武溪蛮人射鹿，逐入石穴，才容人入。入穴见其旁有梯，因上梯，豁然开朗，桑果蔚然，行人翱翔，亦不以为怪。此蛮于路所树为记，其后茫茫，无复仿佛。'此足证当晋、宋间盛有此类传说，初非陶潜虚构之寓言。"

这说明陶记是在传说基础上构成的，并非像仙境那样虚造，但后人以为实有其地，并以湖南桃源县来附会，道书又将它引为第三十五洞天，则是妄诞。

韩愈曾经写过一首《桃源图》：

> 神仙有无何眇茫，桃源之说诚荒唐。流水盘回山百转，生绡数幅垂中堂。武陵太守好事者，题封远寄南宫下。南宫先生忻得之，波涛入笔驱文辞。文工尽妙各臻极，异境恍惚移于斯。架岩凿谷开宫室，接屋连墙千万日。嬴颠刘蹶了不闻，地坼天分非所恤。种桃处处惟开花，川原近远蒸红霞。初来犹自念乡邑，岁久此地还成

家。渔舟之子来何所？物色相猜更问语。大蛇中断丧前王，群马南渡开新主。听终辞绝共凄然，自说经今六百年。当时万事皆眼见，不知几许犹流传。争持酒食来相馈，礼数不同樽俎异。月明伴宿玉堂空，骨冷魂清无梦寐。夜半金鸡啁哳鸣，火轮飞出客心惊。人间有累不可住，依然离别难为情。船开棹进一回顾，万里苍苍烟水暮。世俗宁知伪与真，至今传者武陵人。

这是韩集中仅有的一首题画诗。武陵太守，前人以为指窦常，南宫先生指卢汀。诗的首尾，都是辟神仙之说不可信，中间叙述秦汉灭亡、魏晋丧乱这样地坼天分的大事件，桃源中人却了不相闻。“物色相猜更问语”，是说大家见了渔人的形状颇为惊异，都来询问，即《记》中“见渔人，乃大惊，问所从来”意。渔人便告诉他们：秦朝（前王）先给拔剑斩蛇的汉高祖灭亡，至今汉朝也已亡了，剩下晋朝南渡江左，晋元帝才新登位，这是从《记》中的“不知有汉，无论魏晋”设想出来的。“玉堂”四句，指客人在桃源中宿夜后，只觉骨冷魂清，安眠无梦，到了夜半，闻得鸡鸣，随即红日高升，想到自己就将离开，重回尘世，不觉心惊，所以下文说“依然离别难为情”。

玉堂本指仙人之居，金鸡也是仙禽。韩诗的原意在辟神仙，中间却写得如同仙境，最后还是要大家辨明真伪，不要把传说中的武陵人当作真的。这种疑似相间、擒纵互用的游离手法，用之于诗歌，便有吸引性的魅力。

世外本无桃源，人间也无仙境，但只要现实中存在混乱黑暗的现象，桃源和仙境便会在人们心中涌现，即如韩公写此诗时，下意识中何尝没有“骨冷魂清无梦寐”那种境界在憧憬？

《苕溪渔隐丛话前集》卷三引苏轼语云：“使武陵太守得而至焉，则已化为争夺之场久矣。”说得警辟，也说得冷隽。事实上，把桃源沦为战场，已经不是假想的话了。

脂粉与硫磺

长庆元年（821），镇州（今河北正定）发生变乱，朝廷命韩愈为宣慰使，回京后，曾作《镇州初归》：

别来杨柳街头树，摆弄春风只欲飞。还有小园桃李在，留花不发待郎归。

从字面看，只是描绘晚春的家园风物，但末句颇有情歌风味，仿佛南朝乐府中语，和韩愈创作习惯不大符合，有的本子待郎作“侍郎”，因韩愈曾任刑部侍郎，恐是后人妄改。

王谠《唐语林》六记韩愈有二妾，一名绛桃，一名柳枝，皆能歌舞，韩愈《夕次寿阳驿题吴郎中诗后》的“不见园花兼巷柳，马头唯有月团圆”，即寄意二姝。等到回家，柳枝已逾墙遁去，为家人追获，自是专宠绛桃。

王氏说的细节未必全是真实，韩愈有二妾当是事实。

韩愈素以道统自任，力辟异端邪说，后人又把他当作一座大菩萨，因而便有人为他辩护，明蒋之翘说：退之是伟人，归来岂别无所念，只是殷殷于婢妾，这首诗不过是感慨故园景色而已。蒋氏之意，如以为此诗与柳枝、绛桃无关，也是对的，但不能否定韩愈家中有声妓。

张籍是韩门中人，写过一首五古《祭退之》，长近千言，历述二人交结的始末，对韩愈的道德文章称为“天使光我唐”，韩愈对他的赏识礼遇又极为感激，但其中却有这样几句话：

> 中秋十六夜，魄圆天差晴。公既相邀留，坐语于阶楹。乃出二侍女，合弹琵琶筝。临风听纷繁，忽遽闻再更。

这时韩愈已在病中。他是侍郎，家用婢女，原很平常，但出来是要她们弹唱，可见他平居时颇有声色之好。至于是否柳枝、绛桃，倒不必钻研。

有声色之好，在古代士大夫中，也还是平常的，不妨再引一段陶穀《清异录》：

昌黎公愈晚年颇亲脂粉，故事：服食用硫磺末搅粥饭啖鸡男，不使交，千日烹庖，名“火灵库”。公间日进一只焉。始亦见功，终至绝命。

陶穀是五代时人，说的也有些神秘，那就看一看韩愈朋友白居易的《思旧》：

闲日一思旧，旧游如目前。再思今何在？零落归下泉。退之服硫磺，一病讫不痊。微之炼秋石，未老身溘然。杜子得丹诀，终日断腥膻。崔君夸药力，经冬不衣绵。或疾或暴夭，悉不过中年。唯予不服食，老命反迟延。况在少壮时，亦为嗜欲牵。但耽荤与血，不识汞与铅。饥来吞热物，渴来饮寒泉。诗役五藏神，酒汩三丹田。随日合破坏，至今粗完全。齿牙未缺落，肢体尚轻便。已开第七秩，饱食仍安眠。且进杯中物，其余皆付天。

居易作此诗时为六十三岁，在洛阳为太子宾客分司。诗中的微之指元稹，杜子指杜元颖，崔君指崔玄亮，退之自然指韩愈了。

可是清汪师韩《韩门缀学》卷五，竭力为韩愈辩护，主要证据是当时有一个卫中立也是字退之（此引吕汲公语），故白诗是指卫退之。又因韩愈的亲戚李干服丹沙（铅与水银合成）而死，年仅四十八，韩愈在墓志铭中力陈水银之害，并为李干痛惜。此序作于韩愈逝世前一年，所以钱大昕《十驾斋养新录》卷十六，引李季可的话："岂咫尺之间身试其祸哉？"章士钊《柳文指要》抨韩甚力，对这一件事，也认为白诗是指卫退之，并以为韩愈从李干等人的惨死中，怎么会不引以为戒而再服硫磺?

陈寅恪《元白诗笺证稿·白乐天之思想行为与佛道关系》，对两退之案评断说："乐天之旧友至交，而见于此诗之诸人，如元稹、杜元颖、崔群（应是崔玄亮），皆当时宰相藩镇大臣、且为文学词科之高选，所谓第一流人物也。若卫中立则既非由进士出身，位止边帅幕僚之末职，复非当日文坛之健者，断无与微之诸人并述之理。然则此诗中之退之，固舍昌黎莫属矣。"这是从史料上来证实的。明胡震亨《唐音癸签》卷二五："退之亦文士雄耳。近被腐老生因其辟老、释，硬推入孔家庑下，翻令一步那动不得。"颇有反偶像的胆识。我们如果和"双李案"合而观之，也颇有趣味。

从《思旧》看，白居易自己似乎未服金石，还深为警忌，但从他《同微之赠别郭虚舟炼师》所写看，却很相信方士之术，诗中的气氛渲染得很诡秘：他从夜半偷窥，只见黄芽与紫河车，“二物正诉合，厥状何怪奇。绸缪夫妇体，狎猎鱼龙姿。……先生弹指起，姹女随烟飞。始知缘会间，阴骘不可移”。黄芽指炼丹用的铅华，紫河车指修炼而成的玉液，姹女指水银。他在《戒药》中说：“朝吞太阳精，夕吸秋石髓。徼福反成灾，药误者多矣。”似已有悔悟之意，实因炼丹不成的缘故，乃又移情于酒，故有《烧药不成命酒独醉》之作，中有“不能留姹女，争免作衰翁？赖有杯中渌，能为面上红”语。这时他已六十六岁，故有衰翁之感。

唐代帝王及士大夫服铅汞硫磺的很多，柳宗元也嗜石钟乳，并认为只要选择得精当，对人体大有好处。我们从医药史、化学史的角度看，也值得专家探讨研究。

陈师道《嗟哉行》有云：“韩子作《志》还自屠，白笑未竟人复吁。以身济欲未必愚，欲久而速反所图。嗟哉伟然二丈夫！”就是讽刺韩白言行之自相矛盾。

韩愈的《镇州初归》，未必有题外的用意，但他亲脂粉、服硫磺也是事实，今天来看，毕竟是个人生活上的隐私，不必痛斥，也不必回护。他自己是讳言的，如果说这是虚伪的表现，那么，对古人而言，这一点虚伪还是应当谅解的。

盆池

约在元和十年（815），韩愈在长安，作了《盆池五首》：

老翁真个似童儿，汲水埋盆作小池。一夜青蛙鸣到晓，恰如方口钓鱼时。

莫道盆池作不成，藕梢初种已齐生。从今有雨君须记，来听萧萧打叶声。

瓦沼晨朝水自清，小虫无数不知名。忽然分散无踪影，惟有鱼儿作队行。

泥盆浅小讵成池，夜半青蛙圣得知。一听暗来将伴侣，不烦鸣唤斗雄雌。

池光天影共青青，拍岸才添水数瓶。且待夜深明月去，试看涵泳几多星？

诗的风格，和韩愈古风的善用险奥狠犷的语言不同，这当然和体裁（近体）有关，但还是反映韩诗的基调。

第一首写诗人的童心。韩愈这时只有四十余岁，所以还能汲水埋盆，但因为是模仿儿童的游戏，就说成老翁。由蛙及鱼，使他想起往盘谷访李愿时在方口钓鱼的旧情。但那首酬和卢云夫诗中只说“平沙绿浪榜方口”，未记钓鱼事，却于此诗中补足。

第二首写做池前后的心理：起先以为盆池做不成功，如今藕已露梢，荷也有叶。荷叶檠雨，本是富于诗情的天籁。“留得残荷听雨声”，雨声常起乐师的作用。诗人要人们不要放过。汪佑南《山泾草堂诗话》：“此首咏种藕，不曰看荷而曰听雨，盖荷叶齐放，亭亭净植，雨来作清脆之声，胜于芭蕉。可见昌黎别有天趣。”

第三首的瓦沼即盆池。小虫为什么“忽然分散无踪影”？被鱼吞咽了，因此，盆池中“惟有鱼儿作队行”了。即是说，鱼之生命是靠吞咽小虫来维持的。韩愈另有《读皇甫湜公安园池诗书其后》：“我有一池水，蒲苇生其间，虫鱼沸相嚼，日夜不得闲。我初往观之，其后益不观。观之乱我意，不如不观完。”对虫鱼相残，实深有感慨。

第四首写青蛙的敏感。意谓初不成池，而蛙已知之，故曰“圣”。群蛙在夜半雌雄交鸣，奏出和谐的乐声，暗中听来，就知道它们生活得很安闲和睦。前一首写虫被鱼吞，这一首写群蛙共存。五首诗中，蛙却占了二首。

第五首的瓶指小型汲水器。小池本无所谓岸，诗人却以添水数瓶来形容拍岸，就觉波澜如在眼前。夜深月明，只见星星投影于池中，又于小中见大，深喜池有容物之量。

盆池的开始砌作，或许出于诗人一时的冲动，后来有此收获，却是出于诗人的意外，也使诗人对池边风物产生了感情，感情发展成形象，形象发展成言词，言词按照韵律又把形象表达了出来。园艺工人砌的水池也许比诗人精巧，可是他无法进入诗的园地。

再来介绍一首北宋郑獬的《盆池》：

绿发柔莎碧甃连，湛如蛟穴贮寒泉。谁将宝镜遗在地？照见浮云浸破天。数鬣游鱼才及寸，一层绿荇小于钱。待将闹物都除却，放出秋蟾夜夜圆。

也是写一个小天地周围的风光，更是饱含生意和天机。甃指盆池之壁，鬣本指鱼颌旁的小鳍。闹物当指蛙，古人也以蛙声聒耳而厌恶。

柔绿的小草遍布着池壁，也不知是谁将宝镜失落了，她是有意还是无心？几条小鱼趁此来来去去，有了这样可以安心呼吸地方，就不至于沦为涸辙之鲋了。盆池不可无鱼，就像天地不可无人。

可是诗人还想等除却闹物后，放出躲在夜幕里的秋蟾（指月），好让它在宁静的小天地里发出圆亮之光。

朱熹《观书有感》云：

> 半亩方塘一鉴开，天光云影共徘徊。问渠那得清如许？为有源头活水来。

这是传诵的名篇，也富于哲理。半亩方塘所以能像镜子那样澄静清澈，就因为有源头活水，正由于源头活水，才能使艺术生命永远充满活力。

韩愈、郑獬、朱熹写的都是他个人的印象和感受，然而都不是孤立的，他们的审美趣味和哲理境界，就和千百年来广大读者的精神生活密结在一起。

裙带与石碑

唐代自安史之乱后，藩镇的称霸，宦官的弄权，就成为两大祸患。所谓藩镇，是指设置节度使或观察使的区域。他们除了带兵之外，又拥有度支（财赋的调配）、营田、转运、采访这些大权，即地方的军事、行政、粮食、交通、赋税的命脉全落在他们手里，而且常以父子、叔侄等宗法关系授受地盘，因而拥兵自肥，作威作福，有的与朝廷阳奉阴违，有的公然作乱。后世的地方军阀，实即藩镇的变种。

到了宪宗时，由于任用一批果敢的谋臣，平定了一些叛乱的藩镇，使朝廷威权为之一振。

吴少阳以彰义军节度使据蔡州时，因淮南多广野大泽，便豢养牲口，常常出没掠夺，内则庇匿亡命，充实军力。元和九年（814）吴少阳死后，他的长子吴元济密不发丧，只说患病，又假撰奏表，要求由元济主持军事，朝廷未允其请，不久便叛反，向地方屠杀焚烧。次年，宪宗命裴度为宰相，出兵征讨，淮西的军事全托付他。十二年正月，随唐邓节度使李愬雪夜入蔡州，活捉吴元济及其家属，后斩首于京城。至此，光、蔡等州才重为唐室的疆土。

平蔡州时，裴度任韩愈为行军司马。还朝后，以功授刑部侍郎，并诏撰《平淮西碑》。碑分序与铭，铭用韵文，实为长篇的四言诗。

这时柳宗元在柳州贬所，闻讯后也撰《献平淮夷雅表》及《平淮夷雅》二篇，后者模仿《诗经·大雅·江汉》。《江汉》叙述周宣王命召虎讨伐淮夷史事，柳诗将裴度与李愬并重，在上李愬启中，又直说愬之功绩和召虎平淮夷类似。

就当时形势而论，淮西一役成败的关键，在贤相而不在良将，前者属战略决策，有果断的战略决策，才能使良将的战术有用武之地。裴度一向将蔡州看作心腹之患，不及时除去，即无以儆戒黄河南北的藩镇，故而坚持平蔡，并亲往督战，而宪宗又能信任委托。所以，韩碑的重心放在裴度身上，但对入蔡州的李愬之功，还是有所侧重。不想因此引起轩然大波。

李愬的夫人是唐安公主女儿、唐安公主是德宗之女、宪宗姑母，李夫人也就是宪宗的表姊妹，故得出入宫中。李愬以为此役之功自己应属首位，故很不平，李夫人便入宫中，向宪宗陈诉碑辞不实，于是下诏磨去韩碑，命翰林学士段文昌重新撰文勒石。罗隐《说石烈士》一文，说是李愬旧部石孝忠因愤韩碑不叙李愬功，推碑几仆，致为宪宗所闻，因而命文昌重撰。

这件事，却引起后世文士的不平，晚唐李商隐写了一首七古《韩碑》，诗中盛赞裴度之功第一，称之为圣相，对韩愈的碑文推崇备至，对仆碑事深为愤慨："碑高三丈字如斗，负以灵鳌蟠以螭。句奇语重喻者少，谗之天子言其私。长绳百尺拽碑倒，今无其器存其辞。呜呼圣王及圣相，相与烜赫流淳熙。"从末两句看，这时宪宗和裴度似已逝世。

七古非李商隐特长，这首诗却奇崛古茂，直逼韩愈，有人说仿佛韩愈的《石鼓歌》，造语更胜过。

陈岩肖《庚溪诗话》卷下，记苏轼曾奉命撰《上清储祥宫碑》，至绍圣、元符间党禁兴，遂毁其碑，命翰林学士蔡京别为之，"京之文，类三舍举子经义程文耳，正如唐时仆韩退之《淮西碑》命段文昌改作"。后来江端友乃作七绝《韩碑》：

淮西功业冠吾唐，吏部文章日月光。千载断碑人脍炙，不知世有段文昌。

这是借《韩碑》以讥蔡京，因为这时党禁方严，只能借古讽今。南宋刘过《投诚斋》也有“毕竟昌黎仍旧好，何曾人说段文昌”语。沈德潜《唐诗别裁集·韩碑》评云：“宋代陈珣磨去段文，仍立韩碑，大是快事。”足见后人对仆碑事都很不平，用现代话来说，恐也有对“夫人干政”隐怀不满之意。韩愈的碑文果真有不实之处，也应该交给朝廷大臣公开评论纠正，不应通过裙带力量轻率更改。清管世铭有诗云：“晋公德望凉公绩，并纪韩碑讵失真？妇女老兵何足道，当时三省竟何人？”晋公指裴度，凉公指李愬，妇女指李妻，老兵指石孝忠，三省指中书、门下及尚书省，都是掌管大政的机构。

北宋的诗僧惠洪，有一首《题李愬画像》：

> 淮阴北面师广武，其气岂止吞项羽。君得李祐不肯诛，便知元济在掌股。羊公德化行悍夫，卧鼓不战良骄吴。公方沉鸷诸将底，又笑元济无头颅。雪中行师等儿戏，夜取蔡州藏袖里。远人信宿犹未知，大类西平击朱泚。锦袍玉带仍父风，拄颐长剑大梁公。君看韃橐见丞相，此意与天相始终。

这首诗专写李愬在策略上成功的事迹，也是史诗的鳞爪。诗以韩信之不杀广武君李左车，引出李愬之不杀李祐。李祐本是吴元济低级军官，后被擒，李愬便推诚相待，一同食宿，往往密语通宵，因而尽悉吴营中机密。下面又用西晋大将羊祜向吴人开诚示信，不为偷袭之计，使吴主孙皓纵情游乐，反相信卜课术士妄言的故事。

李愬的厚待李祐，却引起部下的责难，因为李祐先前曾和官军激战，所以有人说他不可靠。李愬只好将李祐械送京师，一面请朝廷宽释，宪宗乃将李祐仍赐予李愬。“公方沉鸷诸将底”的“底”字表疑问为什么，意谓李愬已胸有成竹而诸将却在怀疑。

李愬雪夜迫近蔡州城时，附近有鹅鸭池，李愬便令士兵驱击鹅鸭飞行，以掩护行军之声。吴元济也自以为防地牢固，毫不在意。李愬部队到达吴元济外宅时，元济正在睡大觉。部下告诉他，他却说：“此必洄曲子弟（吴军中精兵）就吾求寒衣也。”又说：“俘囚为盗耳，晓当尽戮之。”此事很像李愬父亲西平王李晟之击朱泚。大梁公指李愬，因与其弟李德皆封梁（凉）国公。

吴元济被擒后，李愬屯兵于球场，具鞬櫜等候裴度于马首。裴度想逊让，李愬说：“此方不识上下等威之分久矣，请公因以示之。”裴度乃以宰相礼受谒，众皆耸观。韃橐为盛弓箭之器，引申为收藏，表示局势已安定。

当时向李愬投诚的尚有丁士良、吴秀琳、李忠义等。李愬能运用攻心为上、使功不如使过的策略，以昨天的敌人反击今天的敌人，正见得他有政治上的远见。石孝忠在宪宗前也力陈蔡州所以平复，实因李愬能善于招降，使“蔡之爪牙，脱落于是矣”。

陈衍《宋诗精华录》评惠洪此诗云：“抵段文昌一篇碑文，不啻过之。”说得也对。

明李日华《六研斋笔记》卷二：“或云宪宗疑裴与韩党，故抑其文”，清屈复《玉溪生诗意》：“碑文不叙李愬之首功，昌黎不得无过。”平心而论，淮西之役，裴度的运筹决策固居首位，但韩愈还朝后撰文时，有偏私之心也是事实。

征途诗情

在淮西之役中[①]，韩愈仍不废吟咏，写了许多诗，有平庸的，也有出色的，如《过鸿沟》：

龙疲虎困割川原，亿万苍生性命存。谁劝君王回马首，真成一掷赌乾坤。

鸿沟为古渠道名，在河南荥阳东南。当年项羽、刘邦相距荥阳，彼此不超越尺寸地。刘邦欲西归，因张良、陈平之谏，又追项羽至阳夏之南，终于灭楚。

此诗实为借古喻今，因当时大臣中也有劝阻宪宗出兵淮西的，裴度却坚持伐蔡，所以后半首是在曲写裴度隐衷，但前半

① 淮西，指今皖北豫东淮河北岸一带，也称淮右。

首很平弱。还有《奉和裴相公东征途经女几山作》：

旗穿晓日云霞杂，山倚秋空剑戟明。敢请相公平贼后，暂携诸吏上峥嵘。

女几山在河南宜阳县南。裴度原诗今仅存“待平贼垒报天子，莫指仙山示武夫”二句，韩诗末句的“暂携”意即“姑携”，是说到那时候姑且带着诸吏登山吧。

洪兴祖说：“一士人云：以我之旗，况彼云霞，以彼之山，况我剑戟，诗家谓之回鸾舞凤格。”即以下三字形容上三字。全诗则写同心破贼，俱有信心。

郾城辞罢过襄城，颍水嵩山刮眼明。已去蔡州三百里，家山不用远来迎。

《过襄城》

郾城在河南，为当时行营所在地。襄城也在河南，过襄城便入洛阳界，颍水、嵩山之所在。韩愈的家乡在河阳（昌黎是他郡望，不是原籍），今孟县西。韩愈抵襄城时正值雪后。

此诗前三句二十一个字中有五个地名，末句“家山”亦近地名。郾城已经辞别，作为全诗中心的襄城只是路过，洛阳也只是想象中，蔡州则已相离三百里，家山是盼念之词，这六处地方其实都非现境，有的已过去，有的尚未到，有的未必去，如家山；而二十八字中，中州诸城，一线相接，满腔高兴，笔笔有情，杂用俚语，尤见亲切，蒋抱玄所谓“快事快调，此公一生最得意时”，也是大好评语。

然而还有更精彩的《次潼关先寄张十二阁老使君》：

荆山已去华山来，日出潼关四扇开。刺史莫辞迎候远，相公新破蔡州来。

此诗首句与前一首首句相似，即“句中排”，并且也用了四个地名。

这是在凯旋途中，官军抵达潼关后，即将进入华州，华州刺史为张贾，张贾曾任属门下省的给事中，故称阁老，使君是对州郡长官的尊称。韩诗由快骑先递交张贾。

荆山一名覆釜山，在河南灵宝，华山在潼关西。这时尚是冬天，而日出潼关，寒威顿杀。四扇指城门东西两面，一面两扇，相对而开。程学恂《韩诗臆说》：“写歌舞入关，不善一字，尽于言外传之，所以为妙。”王建《送裴相公上太原》：“千群白刃兵迎节，十对红妆妓打球。”这虽是后来事，也见迎长官时，有妓女打球的节目。

末句“新破”一作“亲破”，这两字自然无法比拟，若作“亲破”，等于不说。

这是一首七绝，却写得天骨开张，气度雄润，声威军容，有火荼之盛，似又全不吃力。

施补华《岘傭说诗》：七绝切忌用刚笔，“退之‘荆山已去华山来’一绝，同刚笔之最佳者。然退之亦不能为第二首，他人亦不能效退之再作一首，可见此非善道。”说得也很精彩，如另一首《次潼关上都统相公》：“暂辞堂印执兵权，尽管诸公破贼年。冠盖相望催入相，待将功德格皇天。”几乎不是同一人所作，末句尤为恶札，真像施氏说的“然退之亦不能为第二首”。但仅从上述诸诗中，也可看出韩愈对裴度的阿附。

刘禹锡曾作《平蔡州三首》，其第三首云：

九衢车马浑浑流，使臣来献淮西囚。四夷闻风失匕箸，天子受贺登高楼。妖童擢发不足数，血污城西一抔土。南风无火楚泽间，夜行不锁穆陵关。策勋祀毕天下泰，猛士按剑看常山。（原注：“时唯常山不庭”。）

穆陵关在湖北西阳，当时自安黄出光蔡之路已不通，故从南方来说，可越穆陵关北面而出师，禹锡写诗时尚在广东连州贬所。

这是叙述吴元济被解至京师时，宪宗登楼受俘场面，刘诗第一首也有“狂童面缚登槛车”语。吴元济被斩首时，年已三十五，何以一再称为狂童、狡童？已故瞿蜕园《刘禹锡集笺证》云：“其实元济年非童幼，禹锡盖恶宪宗之淫刑，诛及稚孺耳。”下并引《旧唐书·吴少诚传》：元济被斩于独柳后，“其夜失其首。妻沈氏没入掖庭，弟二人，子三人，流于江陵诛之，判官刘协庶七人皆斩”。瞿氏释刘诗狂童、狡童的用意未必正确，禹锡《平齐行》也有“初哀狂童袭故事”语，这是指李师古卒，其异母弟师道自立事。后来师道兵败，只杀其个人，师道妻魏氏及幼子配入掖庭（后宫）为奴婢，宪宗还下诏不要殃及家族。所以，这里的狂童、狡童意谓狂妄、猖獗的家伙，是骂人的话，童是因为吴元济和李师道都是继承了父兄地盘。总之，并非讽喻宪宗之刑及稚童，但从《旧唐书》所记来看，元济的三个儿子，大的不过十五六岁；而且因元济之故，一下子杀了十二条生命，确实失于刑罚上的淫滥。其次，元济被杀后，他的首级怎么不见了？《陈寅恪读书札记》：“是知其党羽之众。”意谓被散布京师的党羽偷取而去。

南宋黄唐对淮西之役有一段很有创见的议论：蔡本唐地，元济本唐臣，并天下之力，仅能取三州困毙之余，“君臣动色相庆，有靦面目矣”。下引诸葛亮出祁山，南安等归降，且拔千余家还汉中，蜀人皆贺，孔明蹙容曰：普天之下，莫非汉民，以此为贺，能不为愧？（见《柳宗元集》引注）

由韩碑之撰、裴李之功到淮西之役本身，后人都有分歧意见，有的已非学术性而属于政治性，但在专制的统治下，还是允许自由议论，各抒己见，这一点宽容的气象，却是值得钦羡的，中国文化传统所以能够不绝如缕，历劫长存，未始不与这种气象有关。

永州二寺

读过柳宗元诗文的人，都对他在永州时的作品极为欣赏，他在永州时的生活，想必也为大家所乐闻。

唐顺宗晚年因中风而患失语症，至永贞元年（805）八月，不得不传位给太子李纯（宪宗），王叔文集团的革新政局就此夭折，八司马被贬逐，柳宗元只得离开京城，也像韩愈贬潮州一样，由蓝关南行。原先本贬韶州（今广东韶关），半途忽改贬永州，当年他父亲柳镇贬谪时也是走这条古驿道。同行的有六十七岁的老母卢氏、堂弟柳宗直、表弟卢遵以及僮仆等。他的夫人杨氏，于结婚三年后去世，不曾生育，宗元也未续娶。就这样，长安城里已没有柳氏族人了。

他从长安到湘中的行程，先是车行由蓝田经襄阳赴江陵，然后改为水道，经洞庭至湘江。到汨罗江时，曾写过《吊屈原文》，开头说："后先生盖千祀兮，余再逐而浮湘。"即以屈原之遭谗自比。最后说："吾哀今之为仕兮，庸（岂）有虑时之否臧？食君之禄畏不厚兮，悼得位之不昌。退自服以默默兮，曰吾言之不行。既偷风之不可去兮，怀先生之可忘？"借此讥讽执政的新贵贪得无厌的欲壑，平时不考虑国家的安危，一心害怕自己官俸不够肥厚，担心官运不畅通；对这些人，他也无可共语，只能我行我素，痛惜吾道不行，想起政局如此苟且昏暗，怎能不怀念长逝的屈大夫？可见他在放逐途中内心的激荡不平。

由此而经长沙，过衡阳，全程约半年，才始到达永州。后来又写了一篇《惩咎赋》，对湘江途中的险恶风波作了恐怖性的描写：

> 飘风击以扬波兮，舟摧抑而回邅。日霾曀以昧幽兮，黝云涌而上屯。暮屑窣以淫雨兮，听嗷嗷之哀猿。众鸟萃而啾号兮，沸洲渚以连山。

在屈原的《涉江》中，有这样一段描写：

> 入溆浦余儃佪兮，迷不知吾之所如。深林杳以冥冥兮，乃猨狖之所居。山峻高以蔽日兮，下幽晦以多雨。霰

雪纷其无垠兮，云霏霏而承宇。哀吾生之无乐兮，幽独处乎山中。吾不能变心而从俗兮，固将愁苦而终穷。

柳宗元善于学《骚》，文集中即列有《骚》的专栏，这时正在穷途之中，屈赋的体裁便成为他抒发郁抑的最合适形式。

永州的治所在今湖南零陵，位于湖南和两广交界处，在秦朝曾开凿了灵渠，为古代一项巨大的水利工程，在唐代还是荒僻之地。宗元的官衔是“永州司马员外置同正员”。司马的地位在刺史之下，本有实权，“员外置”是说定额以外官员，因而又无实权，但官俸可同正式官员，所以说是“同正员”，也即领干薪，吃闲饭，好像是享清福，实际是政治上的示辱。

因为是“员外”，所以并无官署，幸而城里龙兴寺的重巽和尚颇有情义，给予帮助，全家便安顿在寺中西厢房内，经过一番修缮，又筑了一个西轩，还撰作《永州龙兴寺西轩记》，劈头说：“永贞年，余名在党人，不容于尚书省。”顺宗的永贞是个短命年号，只占一年，章士钊《柳文指要》卷二十八云：“此一短短年号内，凡子厚由勤政而远贬，具于篇中和盘托出，可算全集独一无二时代性文字！”也即透示了宗元对永贞朝政大变所存的深情。后来他的母亲，即逝世于龙兴寺中。

柳宗元在龙兴寺起先只想暂住，总以为期满（三年或五年）

可以量移。到了元和四年（809），守丧期满，又值册立皇太子，大赦天下，八司马却不在大赦之列，他更失望了，于是从龙兴寺迁至法华寺。这两座寺院，都在湘水之南，潇水之东。

他在龙兴寺筑过西轩，在法华寺筑了西亭，写了一首《构法华寺西亭》：

窜身楚南极，山水穷险艰。步登最高寺，萧散任疏顽。西垂下斗（陡）极，欲似窥人寰。反如在幽谷，榛翳不可攀。命童恣披剪，葺宇横断山。割如判清浊，飘若异云间。远岫攒众顶，澄江抱清湾。夕照临轩堕，栖鸟当我还。菡萏溢嘉色，筼筜遗清班。神舒屏羁锁，志适忘幽潺①。弃逐久枯槁，迨今始开颜。赏心难久留，离念来相关。北望间亲爱，南瞻杂夷蛮。置之勿复道，且寄须臾闲。

这座寺位置在山的高处，寺中有荷花（菡萏）绿竹（筼筜）。又作《法华寺西亭夜饮》：

祇树夕阳亭，共倾三杯酒。雾暗水连阶，月明花覆

①潺，一作“孱”，是。

牖。莫厌樽前醉，相看未白首。

此诗另有序，章士钊《柳文指要》卷二十四：“西亭者，吾号为子厚一生游运之神经中枢者也，凡关于西亭之记事，无不郑重，凡咏味西亭之诗与文，无不精神饱满，凡约来西亭游宴唱和之友，无不异常知己，此‘未能脱弃凡近’之永州文者，将胡为乎来哉。”章氏于宗元固为知音，但不免杂以偏爱，凡是宗元所作诗文，没有一篇不好，凡是历代有贬抑宗元之词，即使公允，必加以辟斥，反之，对韩愈又说得一无是处。章文中说的“未能脱弃凡近”，原是何焯《义门读书记》中的话，其实还是说得对的，章氏却斥为冬烘先生语。何焯又评柳诗“雾暗水连阶，月明花覆牖”二句云：“三四工在次第如画”，就说得很精到。像柳《序》那种短文，在唐代二流文人中也是随手可写的。

回头再说宗元这两首关于法华寺的诗。从文句看，似很轻松安适，无所怨恨，因而也可称为旷达，但所谓旷达，往往是人在压制、打击后一种无可奈何的逆反性的自我强制，真正春风得意、位高权重的人是无所谓旷达的。所以，旷达者都带有被动性，甚至是矫情的，俗语所谓有苦说不出。诗中“弃逐久枯槁，迨今始开颜”，上一句是说他的心早已如同槁木死灰，对现实极度淡漠，那么，忽然会因在僧寺中筑了一座亭子就此开颜了么？最后四句，恰好反映他内心深处的症结：他所要亲爱的人远在北方而相隔，他在南方所接触的却是“夷蛮”，他的真实愿望既然不能实现，那就算了吧，不必多说了，姑且假新亭以求片刻的安闲。他的《与崔策登西山》有云：“蹇连困颠踣，愚蒙怯幽眇。非令亲爱疏，谁使心神悄（忧愁）？偶兹遁山水，得以观鱼鸟。吾子幸淹留，缓我愁肠绕。”诗意先叙贬逐之苦，使自己闭塞得连精深奥妙的道理也害怕领会，下两句隐喻孤独带来的愁闷，因而希望崔策能长留于此，以消解他的百结愁肠。

这诗是废居八年后作的，但崔策是不可能长留的，最后还是离他而去，宗元曾作序送他。诗人也更为寂寞了。

人有时需要寂寞，然而寂寞过久，那滋味也是难以经受的，何况是诗人！

与方外人的因缘

永州的人口，当时是十六七万，僧寺除龙兴寺、法华寺外，还有开元寺等，寺址都宽畅高敞，可见唐代佛教势力的广布。柳宗元在长安时，对佛教已有兴趣，到了永州，对佛学更为接近。他无力反抗冷酷的现实，又必须在现实中活下去，只有在另一种境界中求得精神的安宁和平服。

他在龙兴寺居室的窗户本来朝北，光线阴暗，便另开朝西的窗户，户之外为轩，光线就较前明亮了，他便在记文中说："夫室，向者之室也；席与几，向者之处也。向也昧而今也显，岂异物耶？因悟夫佛之道，可以转惑见为真智，即群迷为正觉，舍大暗为光明。夫性岂异物耶？孰能为余凿大昏之墉，辟灵照之户，应广物之轩者，吾将与为徒。"宗元善书法，便把记文书成两份，一份刻在户外，一份送给僧人重巽。

生活起居上的小小得失，就通过佛学来阐释，本来暗昧的变成显明了，这就不仅仅限于一个窗户的变化，人的境界的层次也上升了。由于建筑物本属僧寺，开凿时又要寺僧来帮助，对佛学免不了要说上几句好话。还有一点，他是把佛学作为一种学说来接受的，这比韩愈就宽宏些。

由于生活在僧寺中，自必常和僧人接近。方外人本是孑然一身，深处山林，要跟他们缔交，原是可遇而不可求，如果不是因为谪逐，不可能住到永州的寺院中，所以这正是佛家所谓因缘。

在几个僧人中，他最友好的为龙兴寺重巽。

重巽属天台宗，在南方佛教界很有声望，也有些学问。有一次，重巽从竹林中自采新茶送给柳宗元，宗元作诗谢之，其中说："涤虑发真照，还源荡昏邪。犹同甘露饭，佛事薰毗耶[①]。咄此蓬瀛侣，无乃贵流霞。"蓬瀛侣指仙人，流霞指道教的仙酒。意思是重巽送给他的茶叶，泡熟后胜过道家的仙酒，实是借此重佛轻道。唐代虽佛道并尊，柳宗元却不喜欢道教，像李白那样的求仙诗，在柳集中便看不到。

重巽的庭堂颇有花木竹石之趣，宗元曾作《巽公院五咏》，兹录其四：

---

①《维摩诘经》：時化菩萨以香饭与维摩诘，饭香普薰毗耶离城，诸大声闻仁者可食如来甘露味饭。

结习自无始，沦溺穷苦源。流形及兹世，始悟三空门。华堂开净域，图像焕且繁。清泠焚众香，微妙歌法言。稽首愧导师，超遥谢尘昏。

《净土堂》

发地结菁茆，团团抱虚白。山花落幽户，中有忘机客。涉有本非取，照空不待析。万籁为谁生，窅然喧中寂。心境本同如，鸟飞无遗迹。

《禅堂》

新亭俯朱槛，嘉木开芙蓉。清香晨风远，溽彩寒露浓。潇洒出人世，低昂多异容。尝闻色空喻，造物为谁工？留连秋月晏，迢递来山钟。

《芙蓉亭》

危桥属幽径，缭绕穿疏林。迸箨分苦节，轻筠抱虚心。俯瞰涓涓流，仰聆萧萧吟。差池下烟日，嘲哳鸣山禽。谅无要津用，栖息有余荫。

《苦竹桥》

第一首是说自己的结习本自虚无开始，与《禅堂》的“涉有本非取”相连贯。但仍沉溺而不自拔，穷究苦源，总还是为外物所误，至今始悟言空、无相、无愿（佛家语）才是真正的三解脱。意即过去虽有“无”的结习，但因心为形所役，仍未能摆脱尘俗之苦，今天来到净土堂，才入三空之门，故对重巽既愧又敬。

第二首的中心是抑“有”扬“无”，虚白、花落、忘机、窗寂都是“无”和“虚”的陪衬，最后以“鸟飞无遗迹”作结，禅味也最深厚。

第三首七八两句，意谓既然色即是空，空即是色，那么，造物主为什么还要化育出宇宙间的千姿百态？诗人的原意其实还在赞颂造物主之力，从上文描绘芙蓉亭的景物上，就有他的审美心理在活动。

桥和津都是渡人的，要津则泛喻高位。第四首由桥及津，意思是这桥既设在苦竹丛中，自不会再成为要津，那就借竹林余荫来栖息。原是夫子自道，借此抒发牢骚，可见他还不是空门中人，也说明他对佛教的若即若离态度，在失意时取其于身心有所契合和寄托；正因为这样，他还是不能大彻大悟，还是满腔委屈，无穷烦恼，只要生命存在一天，这矛盾就没法克服。

再举一首也是在永州作的《晨诣超师院读禅经》：

汲井漱寒齿，清心拂尘服。闲持贝叶书，步出东斋读。真源了无取，妄迹世所逐。遗言冀可冥，缮性何由熟？道人庭院静，苔色连深竹。日出雾露余，青松如膏沐。淡然离言说，悟悦心自足。

“真源”四句是斥责世俗之徒对佛学精义并未吸取，只追求怪诞的事迹，佛之遗言固可在冥思中得悟，但这须得修缮本性，却又从何着手才能熟晓。言下之意，是讽刺当时假居士、假信徒之多。末两句意即物我两忘，遗经得道，已非语言能够表达，真正的悟道者应当是这样。

然而就艺术角度说，这些诗的感染力究竟差些，因为诗中不但说理，说的又是深奥的佛理，应该占首位的写景抒情的技巧，相形之下，便显得贫弱。苏轼的“横看成岭侧成峰”的《题西林壁》，为历代所赏识，纪昀评云：“亦是禅偈而不甚露禅偈气，尚不取厌，以为高唱则未然。”这话倒是公道的。范温《潜溪诗眼》：“‘道人庭院静，苔色连深竹’，盖远过‘竹径通幽处，禅房花木深’。‘日出雾露余，青松如膏沐’，予家旧有大松，偶见露洗而雾披，真如洗沐未干，染以翠色，然后知此语能传造化之妙。”范评柳诗“道人”两句所以胜于常建《破山寺后禅院》的“曲径”

两句，盖柳诗自然浑成，常诗虽不能说是雕饰，和柳诗这两句比，在自然上就不及。

同是天涯沦落人

宋范宽《潜溪诗眼》，对柳宗元诗极为推崇，并举例说：“《哭吕衡州诗》，足以发明吕温之俊伟，《哭凌员外诗》，书尽凌准生平，《掩役夫张进骸》，既尽役夫之事，又反复自明其意，此一篇笔力规模，不减庄周、左丘明也。”后者已详于《存殁之间》，哭吕、凌两人诗，不但抒发了对亡友的交谊，也关系到中唐的政局。

王叔文集团失败后，韦执谊、柳宗元、刘禹锡、凌准等八人，皆被贬至南方为司马，世称“八司马”，凌准为连州（今属广东）司马。当时的司马已沦为安置谪官的闲职，也即挂名差使，白居易的江州司马便是一例，《琵琶行》末句“江州司马青衫湿”的青衫，就是唐代官员最低的服色（八品和九品），后来因深青乱紫，改为碧色。

王安石《读柳宗元传》：“余观八司马，皆天下奇才也。”但因为他们是王叔文集团中人，《唐书》中记载的事迹，有的很简略，有的夹杂偏见，如对凌准，只有五十余字，连奇才的影子也见不到。

柳宗元曾写过《故连州员外司马凌君权厝志》及《墓后志》，又写过《哭连州凌员外司马》五古，从诗文中，使我们知道凌准卒于桂阳（即连州）佛寺，生前曾对人说：“吾罪大，惧不克归柩于吾乡，是州之南，有大冈不食，吾甚乐焉，子其以是葬吾。”不食之地指不长草木的无用之地。仅此数语，逐臣的惨况如泣如诉。后因宪宗立太子而下大赦令，凌准的儿子才得将灵柩迁回原籍富春。将死人的棺柩迁至故乡，也要等到皇帝下大赦令才能举行。凌准是否奇才且不说，但他并不是罪犯，仅仅因为他在政治上受过挫折缘故。

其次为诗，末段说：“出守乌江浒，老迁湟水（指连州）湄。高堂倾故国，葬祭限囚羁。仲叔继幽沦，狂叫唯童儿。一门既无主，焉用徒生为？举声但呼天，孰知神者谁？泣尽目无见，肾伤足不持。溘死委炎荒，臧获守灵帷。平生负国谴，骸骨非敢私。盖棺未塞责，孤旐凝寒飔。”

凌准先谪和州刺史，后降连州。这时他母亲死于家中，随后两弟相继而死。凌准二子年幼，一门无主。他在谪所因哭泣过哀，遂丧其目，脚也发病。现在临到凌准自己也身殁了，由于获罪，即使盖棺仍不能塞责。最后说："我歌诚自恸，非独为君悲"，也即"同是天涯沦落人"之意。但白司马之于琵琶女，尚非一存一殁之痛。

吕温不是八司马[①]，但很受到王叔文、韦执谊的器重，和柳宗元、刘禹锡很友好。后以副使入吐蕃，柳宗元等被贬逐时，吕温正在出使，所以没有在内。后因与李吉甫倾轧，先贬道州，再贬衡州（今湖南衡阳）刺史，死时年仅四十，可能仍和参加王叔文集团有关。

这时柳宗元在永州，曾写过诔词、祭文，又有《同刘二十八哭吕衡州兼寄江陵李元二侍御》《段秀才处见亡友吕衡州书迹》七绝。

衡岳新摧天柱峰，士林憔悴泣相逢。只令文字传青简，不使功名上景钟。三亩空留悬罄室，九原犹寄若堂封。遥想荆州人物论，几回中夜惜元龙。

刘二十八指刘禹锡，李指李景俭，由侍御史谪江陵掾，与

① 但后人如李慈铭、吴汝纶都误以吕温为"八司马"，这也见得他和王叔文关系的密切。

元稹同幕，都是吕温的好友。景钟为大钟，后世作为记功的典故。“若堂封”用《礼记·檀弓》孔子语。这是承上句的身后萧条，所以草草营葬，但犹存古代君子之葬的遗风。元龙为后汉陈登字，许汜、刘备在荆州牧刘表座上，盛称陈登有豪气、有胆志。因这时李景俭、元稹都在江陵，也便是荆州，他们品评人物时，必为吕温之死而哀惜。

写得最朴素沉痛的是那首七绝：

交侣平生意最亲，衡阳往事似分身。袖中忽见三行字，拭泪相看是故人。

刘禹锡也有《哭吕衡州，时予方谪居》诗：

一夜霜风凋玉芝，苍生绝望士林悲。空怀济世安人略，不见男婚女嫁时。遗草一函归太史，旅坟三尺近要离。朔方徙岁行当满，欲为君刊第二碑。

要离为春秋时吴国刺客，于江流中刺中庆忌要害，庆忌放了他，要离渡江至江陵，伏剑自尽。后来东汉高士梁鸿（字伯鸾）死后，别人感于要离烈士，伯鸾清高，便将他葬于要离墓旁。从这些诗句看，吕温是死在衡州，《旧唐书》说吕温“秩满归京，不得意，发疾卒”，似不确。[1]

第七句用蔡邕充军朔方后，后赦令还本郡典故。大概吕温这时已近回京之期，但等不到日期就死了。

凌准没有诗传世，吕温曾由刘禹锡为他编理过集子，现在传世的《吕衡州集》，已非禹锡所编之本。《全唐诗》收录吕温诗二卷，其《偶然作》云：“凄凄复汲汲，忽觉年四十。今朝满衣泪，不是伤春泣。”又云：“中夜兀然坐，无言空涕洟。丈夫志气事，儿女安得知？”这是他死的那年作的。又如《读句践传》：“丈夫可杀不可羞，如何送我海西头。更生更聚终须报，二十年间死即休。”这当是他出使吐蕃时作，似很不满于此次的出使，看作奇耻大辱似的，也见得他是一个很自负而又刚强的人，和柳、刘二人性格有相类处。

《三国演义》第五十回，写刘备和孙夫人逃出东吴，来到刘郎浦，望江沉吟时，引用“后人”一首七绝：

吴蜀成婚此水浔，明珠步障屋黄金。谁知一女轻天下，欲易刘郎鼎峙心。

① 岑仲勉《唐史余沈》、瞿蜕园《刘禹锡集笺证》皆有考析。

这所谓“后人”诗，就是吕温的《过刘郎浦口号》。但其中第二句应作“谁将一女轻天下”。这一字之差，便和吕诗原意似是而非，吕诗是说：刘备哪里会因东吴一女而中了美人计，就此改变鼎足三分的雄心呢？

刘郎浦在今湖北石首县沙步，当是吕温谪湘中时路过所作。沙步有“先主纳吴女处”，石首西南的阳岐山，因刘孙行婚礼时绣幛如林，曾改名绣林山。杜甫自公安往岳州途中，曾作《发刘郎浦》诗，中有“舟中无日不沙尘，岸上空村尽豺虎”语，可见到唐代已很荒僻了。

寒江钓雪

元和十三年（818），韩愈在京师，曾作《独钓》四首，其第二、第四首云：

一径向池斜，池塘野草花。雨多添柳耳，水长减蒲芽。坐厌亲刑柄，偷来傍钓车。太平公事少，吏隐讵相赊？

秋半百物变，溪鱼去不来。风能坼芡嘴，露亦染梨腮。远岫重叠出，寒花散乱开。所期终莫至，日暮与谁回？

这时韩愈任刑部侍郎，所以说“亲刑柄”，“偷来”犹言偷闲。钓车指渔具，有轮以缠络钓丝。“吏隐”指以吏而隐，“赊”是宽松，“讵相赊”意即怎能放过。次首末两句则结出独钓的题意。

就诗而论，实是平平，无多大特色，方世举《昌黎诗集编年笺注》：“四诗之中，纤小字太多，一首藤角茨盘，二首柳耳蒲牙，四首茨嘴梨腮，小家伎俩耳，不可法。”说得也对。韩诗是用常态心理写的，时间在“秋半”，即夏历八月。野草闲花，雨多水长，正是垂钓时节，也见韩公的雅兴。

柳宗元在永州时，曾作一首《江雪》：

千山鸟飞绝，万径人踪灭。孤舟蓑笠翁，独钓寒江雪。

以入声押韵，不觉拗涩，却是用变态心理写的。

他这时还是中年，却已未老先衰，身多疾病，眼花心悸，腿麻膝颤。在《与李翰林建书》中，有这样一段话：“永州于楚为最南，状与越相类。仆闷即出游，游复多恐。涉野有蝮蛇大蜂，仰空视地，寸步劳倦，近水即畏射工沙虱[①]，含怒窃发，中人形影，动成疮痏。时到幽树好石，暂得一笑，已复不乐。……然顾地窥天，不过寻丈，终不得出，岂复能久为舒畅哉。”永州在当时固然很荒凉鄙塞，但更重要的还是他的心境，就在上引这几句话中，包含了这位文弱书生多少辛酸苦

---

①射工，传说中的毒虫，又名蜮。口中有弩形，以气射人影，随所着处发疮，不治则杀人。柳宗元《岭南江行》也有“射工巧伺游人影”语，所谓含沙射影，即指此。沙虱，水边草地的小虫。

楚，此信却是一篇隽永的抒情小品。

王叔文集团的失败本来是政治上的悲剧，不幸，柳宗元又列为八司马之一，从他谪贬生活开始，便和风雪中的渔翁相似。

五言绝句是最短小的一种体裁，这首诗却蕴藏着最深厚、最强烈的悲剧情绪。单独的垂钓或单独的赏雪，原是诗词中常见的题材，柳宗元钓的却是寒江之雪。

鸟绝人绝，只有千山万径依然存在，然而千山万径是没有意志、没有个性的，唯一有意志、有个性的是这位蓑笠翁。蓑笠翁岂真为垂钓而来？他要钓的是满江大雪，一身寒威。他害怕蝮蛇大蜂，射工沙虱，却不怕大雪，因为这些东西都会伤害他，江雪却使他感到大地洁白，大气清新，什么肮脏丑陋的形象都消逝了，世界好像重新建立，他的灵魂也随之而干净宁静，像个“超人”。

他平时局促在“不过寻丈”的天地中，现在他来到原野，来到江边，千山万径都在他眼前，空间上的扩张使他的视野斗然开阔，通过眼线，进入心灵，外部世界无言的广漠和寂寥，给予他以反射性的强烈刺激，从而上升为令人惊奇的审美上的积极效果。

柳宗元是一个悲剧人物，但他不愿在浑浑噩噩、麻木不仁的生活中消磨着，他必须使自己的幸存生命经得住磨炼，让意志发挥更大的力量，而又选择在孤独的寂灭性的环境中取得满足，发生快感。这一行动的本身，同样具有悲剧色彩。

王士禛《渔洋诗话》云："余论古今雪诗，唯羊孚一赞及陶渊明'倾耳无希声，[①]在目皓已洁'，及祖咏'终南阴岭秀'一篇，右丞（王维）'洒空深巷静'，韦左司（韦应物）'门对寒流雪满山'句最佳。若柳子厚'千山鸟飞绝'，已不免俗，降而郑谷之'乱飘僧舍，密洒歌楼'，益俗下欲呕。韩退之'银杯缟带'，亦成笑柄。世人怵于盛名，不敢议耳。"士禛与宗元身世不同，遭遇不同，无法体会宗元作诗时的心境，但他评郑、韩两人诗却很中肯。朱庭珍《筱园诗话》："祖咏'终南阴岭秀'一绝，阮亭最所心赏，然不免气味凡近。柳子厚'千山鸟飞绝'一绝，笔意生峭，远胜祖咏之平，而阮翁反有微词，谓未免近俗。殆以人口熟诵而生厌心，非公论也。"可见在艺术鉴赏上，仁智之见的差异竟如此之大。祖咏原诗为《终南望余雪》：

终南阴岭秀，积雪浮云端。林表明霁色，城中增暮寒。

① 晋羊孚《雪赞》：资清以化，乘气以霏。遇象能鲜，即洁成晖。

唐汝询《唐诗解》：“岭阴故雪积不消，已霁则暮寒弥甚。”此诗固亦精构，但不见作者个性，柳诗的特色就在于性格化。

洪刍《洪驹父诗话》：“东坡言郑谷诗‘江上晚来堪画处，渔人披得一蓑归’，此村学中诗也。子厚云（指《江雪》）信有格也哉。殆天所赋，不可及也。”从格调上评赏柳诗，最为公允，只是这道理不大说得清楚。

西岩渔翁

柳宗元的山水游记，前人说他得力于郦道元的《水经注》，其中永州八记尤其著名。这些游记，都是在他谪居时撰作。在古代士大夫中，这种例子很多。北宋王禹偁的《听泉》就说："平生诗句多山水，谪宦谁知是胜游。南下阌乡三百里，泉声相送到商州。"苏轼谪黄州时，也在《梅花二首》中说："幸有清溪三百曲，不辞相送到黄州。"文学上的创获补偿了政治上的挫折，也说明古代还是允许罪臣有写山水诗文的自由，其中还夹杂愤懑和牢骚。没有这一点可怜的自由，文学史上就要丧失不少的宝贵遗产，这是连我们也要感颂皇恩浩荡的。

永州八记分为前四记和后四记，前四记的第一篇为《始得西山宴游记》，作于元和四年（809）。文中说：自从他成为可耻的罪人之后，时常惴惴不安，逢到闲暇，便信步而行。

后来坐在法华寺的西亭上，远望西山，才始感到奇异，最后终于到达西山之顶，“萦青（指山）缭白（指江河），四望如一”，然后知道过去其实谈不上游，真正之游在这时才开始，所以题目特用“始得”。主题是写西山的怪特，游记的笔调却自然苍劲，层次分明，隐露逆境中的孤傲情绪。

他因而对西山也有特殊的感情，又作了一首名篇《渔翁》：

渔翁夜傍西岩宿，晓汲清湘燃楚竹。烟销日出不见人，欸乃一声山水绿。回看天际下中流，岩上无心云相逐。

这首诗和《江雪》可说是姊妹篇，也是用入声韵，不过这首是用七言写，共六句。柳诗用六句的还有《独觉》《雨后晓行独至愚溪北池》《法华寺西亭夜饮》等。

诗中的西岩即西山，在零陵县西湘江外。欸乃是摇橹声，“岩上无心云相逐”，用陶渊明《归去来辞》的“云无心而出岫”句意，这句应在“云”字下一逗，即“无心云”连读。“不见人”之“人”指渔翁。

全诗用灵活的手法，写眼中事物变化之倏忽，刚才还明明看到渔翁在汲水烧火，忽然不见了。接着听到橹声，摇出绿意，再回过身来，只见渔船仿佛自天际而来，由此放乎中流。

在现实生活中，这是很平凡的事情：宿在西山旁边的渔翁，一早起来就向湘江汲水，然后烧竹煮饭。等到饭后日出，他便摇船而去捕鱼，也即谋生，可是当“身边琐事”经过艺术的熔铸后，诗人得到了创作欲上的快感，读者的审美情趣也活跃起来。

末两句指渔船的中流漂浮，听其自然，就像出岫的浮云那样随意移动。逐是云朵自身的追逐，并非指渔船向云逐来。

可是这两句却引起一段公案，从北宋到清代，都在议论纷纷，各执一词。

最早提出的大概是苏轼，见于惠洪《冷斋夜话》卷五：“东坡云，诗以奇趣为宗，反常合道为趣。熟味此诗（指《渔翁》）有奇趣，然其尾两句，虽不必亦可。”严羽《沧浪诗话》赞同苏说：“东坡删去后二句，使子厚复生，亦必心服。”胡应麟《诗薮·内编》卷六，先引刘辰翁之说：“刘以为不类晚唐，正赖有此。”胡氏自己以为应删：“然加此二句为七言古，亦何讵胜晚唐？故不如作绝也。”李东阳《怀麓堂诗话》，也以为若只存前四句，“则与晚唐何异”？王世贞《艺苑卮言》卷四：王勃“河桥不相送，江树远含情”，杜荀鹤“承恩不在貌，教妾若为容”，都是五言律诗，“然去后四句作绝，乃妙”，但对东坡欲去“遥看天际”二语，“吾所未解耳”。意即不赞同苏说。王士禛《居易录》，也认为只以“欸乃一声山水绿”作结，当为绝唱，添二句反成蛇足。并说：“坡公《吴兴飞英寺诗》起四句云：‘微雨止还作，小窗幽更妍。盆山不见日，草木自苍然。’古今妙绝语，然不若截取四句作绝句尤隽永。”

综合诸家论点，赞同苏说的，以为删去这两句，便成为绝妙七绝，不赞同苏说的，认为删去后便与晚唐无异，即只是在体裁、时代上之争，而与东坡原意并不符合。与晚唐何异又有什么关系？盛唐、中唐诗人之诗，和晚唐人无异的本也不少，只问这些诗本身价值如何。至于古风与绝句，更是无谓。关键在于这两句在诗境上有无必要？苏轼是从审美心理出发，柳宗元是写实：先闻橹声，后见船行，时方清晨，云才出岫。

李白《梦游天姥吟留别》是名篇，末两句“安能摧眉折腰事权贵，使我不得开心颜”，近人谈到李白此诗，常多赞赏，以此引证李白的高傲，元范德机（范梈）却评云：“结语平衍，亦文势当如此。”（见王琦注本）说得很有道理，“亦文势当如此”，意即只是沿着文势而说。不事权贵，不慕荣利，自然是高尚的风格，但不要落入套子，落入套子，反嫌俗滥。岑参的《与高适薛据登慈恩寺浮图》，亦为人传诵，后半首云：“秋色从西来，苍然满关中。五陵北原上，万古青濛濛。净理了可悟，胜因夙所宗。誓将挂冠去，觉道资无穷。”末两句也嫌蛇足，近于门面话，但因他是登佛塔而作，“亦文势当如此”。可见诗要写得自始至终，大气弥漫，不著浮文游词，实在大不容易。

晓行之诗

晓行是古代诗人爱写的一个题材，方回《瀛奎律髓》因而特辟一组。有的作于旅途中，有的作于早起散步时。杜甫《早起》就说“一丘藏曲折，缓步有跻攀”。

柳宗元在永州时，清晓起来，就常常往山村独自散步，先举《秋晓行南谷经荒村》：

杪秋霜露重，晨起行幽谷。黄叶覆溪桥，荒村唯古木。寒花疏寂历，幽泉微断续。机心久已忘，何事惊麇鹿？

秋天仿佛是失意人的季节，何况又值深秋的早晨，各种感觉更易在踽踽独行时显得敏锐。

南谷在永州乡下，“霜露重”见得秋深而日未出。黄叶何以覆盖溪桥？因为古木之多，然而也只有一些古木，所以成为荒村。古木之外，虽有寒花，却很疏落，虽有幽泉，却不流畅，仍然是深秋的荒村。

鹿性驯良，本不避人，杜甫《晓望》即说："荆扉对麋鹿，应共尔为群。"柳宗元本已无机心（权术之心），超然世外，所以颇以麋鹿见了还要惊惧而诧异。

还有一首《雨后晓行独至愚溪北池》：

> 宿云散洲渚，晓日明村坞。高树临清池，风惊夜来雨。予心适无事，偶此成宾主。

"高树临清池"句，如果没有下一句的"风惊夜来雨"，就觉很平常，有了下一句，便觉思妙景奇：因为夜来之雨正是从高树散落，雨经风吹而受惊下坠，同时使人联想池中之水的饱满情景。

最后是由外物而进入内心，使两者结成宾主，似乎很畅快，但"予心适无事"的"适"是偶然的暂时的表示，说明平日心中并非无事，因而是曲折的自我揭示。

永州司马是个闲职，使他有机会常至荒村散步，连雨后的泥泞也不在乎；然而永州司马又是谪官，谪贬的原因并非由于政绩上、品德上的过失，心中怎能无事？他的矛盾和苦闷，只好假借外物以求取和谐与平衡，实际是很勉强的。他一再说已无机心，就诗而论，固嫌过露，就人而论，机心虽没有，委屈、牢骚却是随处在流露。韩柳二公，都是不甘寂寞的人，真要他们去做忘怀得失、和麋鹿共处的隐士，也未必情愿的。

说到晓行诗，大家自然会想起温庭筠的《商山早行》：

> 晨起动征铎，客行悲故乡。鸡声茅店月，人迹板桥霜。槲叶落山路，枳花明驿墙。因思杜陵梦，凫雁满回塘。

温庭筠本是今山西祁县人，因安家于长安，便把长安说成故乡了。

李东阳《麓堂诗话》：

> 鸡声茅店月，人迹板桥霜，人但知其能道羁愁野况于言意之表，不知二句中不用一二闲字，止提掇出紧关物色字样，而音韵铿锵，意象具足，始为难得。

他的意思是说，这两句无名词以外的其他词汇，只选择关键性的名词组成。用现代语法来说，这是一种句子形式做谓语，元人马致远《天净沙·秋思》的“枯藤老树昏鸦，小桥流水人家，古道西风瘦马”，[①]也是这种结构。

何焯评温诗二语云：“中四句从‘行’字，次第生动。”说得很精到。温诗马曲虽然只有名词，没有动词，但从形象上已意味着旅人在活动着，温诗的行动又只能是拂晓。

鸡在茅店啼叫，残月尚在天边，客人闻声而起，随即登上车马，到了板桥，桥霜上已有人迹了。言下之意，还有比他更早的人。两句中既有空间，又有时间，而贯穿于空间和时间的是诗人的行动。

五六两句无甚特色。就是三四两句，一加比较，“人迹”句也不及“鸡声”句意境深远。末两句却可以从两方面评论：杜陵在长安，说优点是和第二句首尾呼应，说缺点，则如纪昀所说，末两句和第二句复衍，杜陵和故乡其实是一事。

唐求也有一首《晓发》：

旅馆候天曙，整车趋远程。几处晓钟断，半桥残月明。沙上鸟犹睡，渡江人未行。去去古时道，马嘶三两声。

①这首小令作者，王国维《宋元戏曲史》中作无名氏，又据现代学者考证，是金元间马寅所作，寅字致远。

唐求为唐末人，隐居不仕。三四两句，可与温诗并美。晓钟断而说几处，可见还有未断处，残月明而说半桥，是说走完全桥，月已隐没。五六两句，陆贻典以为从崔涂《夕次洛阳道中》的“高树鸟已息，古原人尚耕”脱出，但崔诗是写暮景。刘禹锡《途中早发》，有“寒树鸟初动，霜桥人未行”语，唐求诗不一定用刘诗意，其中却有契合处。

南宋刘克庄的《早行》，也是较著名的一首：

店妪明灯送，前村认未真。山头云似雪，陌上树如人。渐觉高星少，才分远烧新。何烦看堠子，来往暗知津。

第一句写人将离店，所谓店只是山村农家，故曰店妪。“明灯送”写天色尚黑，其中有风土人情。三四两句，旅人已在途中，云似雪，树如人，是“认未真”的具体化。接下来是天色渐亮，由“认未真”而“才分”，已能认得远处的烟火，“新”指才起火，仍隐括早。末两句是说，出门多年，不必再看标记里程的土堆，即已知道路程，俗所谓老马识途，诗人也为自己久疲风尘而感慨了。

美好出艰难

柳宗元从永州赴柳州途中，曾经写过一首《岭南江行》：

瘴江南去入云烟，望尽黄茆是海边。山腹雨晴添象迹，潭心日暖长蛟涎。射工巧伺游人影，飓母偏惊放客船。从此忧来非一事，岂容华发待流年。

象迹指大象之迹，何焯《义门读书记》卷三十七引《近峰闻略》："广西象州，雨后山中遍成象迹，而实非有象也。"射工是传说中的虫，形体似弩，善于含沙射影，被射中的人无法医治。白居易《送客南迁》，也有"水虫能射影，山鬼解藏形"语。飓母指飓风出现前云霓。末两句为自己担心，今后可以悲忧的事不止一端，可是能等待他的岁月却不多了。

明王会昌《诗话类编》卷二十八，将柳诗和李德裕贬崖州时的《岭南道中》并提：

> 岭水争分路转迷，桄榔椰叶暗蛮溪。愁冲毒雾逢蛇草，畏落沙虫避燕泥。①五月畲田收火米，三更津吏报朝鸡。不堪肠断思乡处，红槿花中越鸟啼。

王氏评云："宗元以附伾、文被罪，德裕以同列相挤致祸。观其诗句，则一时风俗景象，皆畏土也。而流离困苦，何以堪之。二公之才之行，皆有可取，非纯于小人者也，而卒贬死于灾荒之地，哀哉。若论德裕，有功而无罪者也，而君相以私喜怒黜之，则唐之不竞也，宜哉。"这说得很警辟、很公允。宗元贬柳州，在贬永州后。德裕先于宣宗大中元年（847）冬贬潮州司马，次年九月再贬崖州（后来的海南岛），后于宗元之谪贬三十余年。

中唐的政治风波，宪宗元和初二王集团的失败是一个高潮，至李德裕之被贬逐，又是一个高潮。牛李党争由此而结

---

①沙虫，《艺文类聚》引《抱朴子》："君子为猿为鹤，小人为虫为沙。"李诗实用其典。新版《辞源》沙虫条引李诗而释为"即沙虱"。似误。燕泥，疑用薛道衡因咏"空梁落燕泥"句而被隋炀帝所杀典。此事虽不可靠，但当时传说或已颇盛。

束，天下愈益混乱，即王氏所谓“唐之不竞也”。

李德裕的执政是在宪宗的孙子武宗会昌时，武宗有一个叔父李忱，曾封光王。武宗生前，对光王不尊重、不礼遇。武宗死后，不想登位的却是光王，即是宣宗。前人记载中，也有说武宗欲害死光王，这固然不可靠，但武宗在位时，对这位叔父很忌惮也是事实，宣宗自必怀恨，因而登位后便迁怒于李德裕。历代的政治风波，和宫闱之间内部的倾轧疑忌，往往有密切关系。贬斥二王集团的宪宗，贬斥李德裕的宣宗都不是庸主昏君，宣宗还有“小太宗”之美称，而在这两次政潮中却做得很不高明，历史的复杂性往往如此。

李德裕是很果断有魄力的，执政时，反对藩镇割据，抑制宦官势力，驳斥江湖邪说，取消进士限额，这些也可看作永贞革新的继续，故而他贬官时，有人作“八百孤寒齐下泪，一时回望李崖州”的诗。

德裕南贬时，其妻刘氏，儿子浑、矩及女同行。这时刘氏已患病多年，因不忍与德裕相别，所以也扶病相从。洪迈《容斋续笔》卷一，记德裕在崖州时，表弟某侍郎（姚勗）遣人赠以衣物，德裕答书云：“大海之中，无人拯恤。资储荡尽，家事一空，百口嗷然，往往绝食，块独穷悴，终日告饥。唯恨垂没之年，须作馁而之鬼。”可见其处境的艰苦悲惨。

德裕除政治才能外，文学上也很有成就，在流放旅程中，除上述一首外，还写过《盘陀岭驿楼》：

嵩少心期杳莫攀，好山聊复一开颜。明朝便是南荒路，更上层楼望故关。

盘陀岭当在河南境。又如《到恶溪夜泊芦岛》：

甘露花香不再持，远公应怪负前期。青蝇岂独悲虞氏，黄犬应闻笑李斯。风雨瘴昏蛮日月，烟波魂断恶溪时。岭头无限相思泪，泣向寒梅近北枝。

恶溪即韩愈驱鳄鱼处，亦名韩江。远公为东晋名僧慧远，曾与高士刘遗民等结社于庐山不出。这里借喻自己未能及早归隐山林。三国吴虞翻放废南方时，曾有“死以青蝇为吊客”语，含牢骚意。末句则谓虽身谪岭南，仍怀恋长安。

又有一首《登崖州城作》，尤为悲凉激越：

独上高楼望帝京，鸟飞犹是半年程。青山似欲留人住，百匝千遭绕郡城。

李商隐曾因李德裕之贬逐，作七绝《李卫公》：

绛纱弟子音尘绝，鸾镜佳人旧会稀。今日致身歌舞地，木棉花暖鹧鸪飞。

首句指德裕门下士之隔绝，次句喻同道者之难见。第三句是虚写，第四句为实景，总言其置身岭外，繁华已尽，唯木棉花开，鹧鸪飞翔而已。

又有一首《李将军》：

云台高议正纷纷，谁定当时荡寇勋？日暮灞陵原上猎，李将军是旧将军。

这是用西汉李广故事，慨叹德裕等会昌功臣之被排斥。德裕卒后，汪遵有《题李太尉平泉庄》诗：

平泉花木好高眠，嵩少纵横满目前。惆怅人间不平事，今朝身在海南边。

可见宣宗君臣之处置德裕，颇为当代文士所不平。

到了苏轼贬惠州（今广东惠阳）时，至赣江过惶恐滩，曾作七律一首：

> 七千里外二毛人，十八滩头一叶身。山忆喜欢劳远梦，地名惶恐泣孤臣。长风送客添帆腹，积雨浮舟减石鳞。便合与官充水手，此生何止略知津。

二毛指头发黑白相间的垂老之人。蜀道有错喜欢铺，这是以“错喜欢”自叹乡梦辽绕。惶恐滩为十八滩最险恶的一滩。黄庭坚也有“五更归梦三千里，一日思亲十二时”句，与柳宗元的“一身去国六千里，万死投荒十二年”，意境皆有近似处。

苏轼距柳宗元、李德裕时已有二百余年，朝代也是两个，然而党争不已，政潮起伏，士大夫的命运也常在颠荡之中，而好多感情真挚的迁谪诗，也成于忧患之中。生活既在折磨诗人，又在成就诗人，借用苏轼《和陶西田获早稻》一句诗，也便是“美好出艰难”。

柳宗元与柳州

柳州地处柳江（古称溜江）沿岸，和黔桂、湘桂等铁路交会，现在是广西工业基地和交通枢纽。那地方环山抱水，气候温和，物产丰饶。秦始皇时，属桂林郡，隋时称马平县，据说因柳江至此曲折而成马蹄形，城的三面则是阔野平原，故而得名。唐天宝元年一度称龙城，至乾元元年，复为柳州。天宝年间有二千二百三十户，一万一千五百余人。柳宗元有一首《种木槲花》：

> 上苑年年重物华，飘零今日在天涯。只应长作龙城守，剩种庭前木槲花。

槲即松樠，龙城就是用旧称。他的《柳州寄京中亲故》，也有“劳君远问龙城地，正北三千到锦州”语。锦州治所在今湖南麻阳，意谓北指锦州已有三千五百里，则距京师自更遥远。

唐代柳州治所位于今柳州江北，州衙和县衙相邻，衙城内全为官邸，环绕衙城外为市街，唐宋时皆为土城。柳宗元在《柳州复大云寺记》中说："水北环池城六百室，水南三百室。"水南为旧城，水北为新城，以此推知新城住户比旧城多一倍。

柳宗元的原籍是山西永济，属河东郡，世称柳河东，生长于京都长安。他年轻时，怎么会想到最后死于僻远的柳州呢？古人称官场为宦海，即因常有风波之故，陆游《休日寄兴》便有"宦海风波实饱经，久将人世寄邮亭"之句。冯承钧译《马可波罗行纪》的《苏州城》注五引旧时谚语云："生在苏州，住在杭州，食在广州，死在柳州"，不知是否指柳州的棺材坚牢之故？

当时柳州风俗鄙陋，吏治腐败，盗贼横行，百姓遭殃，他在《寄韦珩》诗中说："到官数宿贼满野，缚壮杀老啼且号。饥行夜坐设方略，笼铜（鼓声）枹鼓手所操。奇疮钉骨状如箭，鬼手脱命争纤毫。今年噬毒得霍疾，支心搅腹戟与刀。迩来气少筋骨露，苍白泎汨盈颠毛。"刺史为亲民之官，柳宗元便亲自坐镇，击鼓示威。时当炎夏，却阴森蔽日，虫蛇出没，使他身染毒疮，后来又得了疫病，因而人很消瘦，头发苍白。

在《柳州峒氓》中，他对当时的民俗作了这样的描写：

> 郡城南下接通津，异服殊音不可亲。青箬裹盐归峒客，绿荷包饭趁虚人。鹅毛御腊缝山罽，鸡骨占年拜水神。愁向公庭问重译，欲投章甫作文身。

峒通“洞”，峒氓指僮族。趁为赶集，虚人即墟人，指村民。第五句指峒人用鹅毛缝被，第五句指灼鸡骨以占卜。《史记·武帝纪》曾记越巫取鸡两眼，骨上自有孔裂，似人物形则吉，不足则凶。可见汉代已有这种风俗。越通粤，古代的百粤即包括今之两广。宋周去非《岭外代答》对鸡卜有详细的记载，则是用小雄鸡的腿骨占卜。苏轼《雷州》诗：“呻吟殊未央，更把鸡骨灼”，他的《潮州韩文公庙碑》说：“爆牲鸡卜羞我觞”，可见宋代还在沿用。

由于和僮族言语不通，只得请他人翻译，因而想脱下儒冠（章甫），永远作个断发文身的越人。《庄子·逍遥游》：“宋人资（卖）章甫适诸越，越人断发文身，无所用之。”柳诗则反用其意。

此诗开头原说“异服殊音不可亲”，末句却有终老柳州之意，正如钱谦益所说：“将老为峒氓，岂复计其不可亲也？反复呼应，哀怨不可读。”（《唐诗鼓吹评注》）

上两首是记事的，再举几首抒情的。

《酬曹侍御过象县见寄》云：

破额山前碧玉流，骚人遥驻木兰舟。春风无限潇湘意，欲采蘋花不自由。

破额山当在象县附近。三四两句用梁朝柳恽《江南曲》中语意：“汀洲采白蘋，日落江南春。洞庭有归客，潇湘逢故人。”宗元由湖南永州改迁柳州，诗意是说，春风犹含潇湘情意，只是自己已身处柳州，故也无法采白蘋以寄故人，意即和曹侍御无法相见。宋叶梦得《贺新郎》词：“楼前无限沧波意，谁采蘋花寄取，但怅望兰舟容与。”即从此出。

《柳州二月榕叶落尽偶题》云：

宦情羁思共凄凄，春半如秋意转迷。山城过雨百花尽，榕叶满庭莺乱啼。

雨过花尽，落叶满庭，群莺乱啼，此在仲春时节，本亦常见景象，只因身在贬地，宦情羁思，常感悲凄，遂觉春半如秋。刘永济《唐人绝句精华》：“此诗不言远谪之苦，而一种无可奈何之情，于二十八字中见之。”

《与浩初上人同看山寄京华亲故》云：

海畔尖山似剑铓，秋来处处割愁肠。若为化得身千亿，散上峰头望故乡。

山指仙人山。因是仙山，故有化身千亿的联想。苏轼《东坡题跋》：“仆自东武适文登，并海行数日，道旁诸峰，真若剑铓。诵柳子厚诗，知海山多尔耶？”他的《白鹤峰新居欲成夜过西邻翟秀才》即有“割愁还有剑铓山”句，这时他也以逐臣而谪海南，所以也易于共鸣。

还有一首《种柳戏题》：

柳州柳刺史，种柳柳江边。谈笑为故事，推移成昔年。垂阴当覆地，耸干会参天。好作思人树，惭无惠化传。

柳州的柳刺史，种柳于柳江边，也可视为“四柳”佳话。

后人一提到，必会想起柳宗元。末两句用《左传》定公九年“思其人，犹爱其树”典，这是他自谦之词，但柳宗元在任刺史期间，确为地方做了些好事。

荔丹蕉黄柳侯进堂

柳宗元在柳州时，写过一篇《童区寄传》。文中记述一个十一岁的牧童区寄，被两个歹徒劫持，准备到市集中去出卖。不想那两个歹徒，反在中途被区寄杀死，区寄自愿将此事呈报官府。刺史颜证想留区寄为小吏，区寄不肯，便遣吏护送还乡。区寄本是良人（平民），这次如果不依靠自己的智勇之力斗争，就将沦为奴婢了。

这篇传记，和柳宗元本人的解放奴婢的行事没有直接关系，但全文前面有这样一段议论：当时卖儿女之风盛行，父兄以此牟利，汉官因为于自己有利，就听从而不过问，当地人口因而大为减耗。汉官指汉人的官员，此处所以特别表明，意思是出卖儿女的都是僮族。章士钊《柳文指要》卷十七云："房启以容州刺史进而经略容管，曾献南口十五人于朝，以王叔文之党而有此事，则当时之官场弊习可想。"宗元之撰此文，一是表彰区寄的刚烈果敢，二是对卖奴之风的痛恨。

唐代的法律原是禁止掠卖良人做奴婢，但不论古今，法律和现实往往是风马牛。柳宗元深知其弊，因而制定了一项政策，凡是因借债而将男女抵押的，奴婢事后可以用钱赎身，成为良人，如果无力偿还债款的，奴婢可向主人计算工钱，到工钱和债款相抵时，奴婢的身份就解除了。新旧《唐书》对柳宗元此举特予记载，韩愈任袁州（今江西宜春）刺史时，也有这项措施，可见明智之士无不反对人身买卖。

苏轼任定州知州时，也处理过类似的案件，他的《刘丑厮诗》，即记其事，其中说：刘丑“诜诜诉我庭，慷慨惊吾僚。曰此可名寄，追配郴（应作‘柳’）之荛。恨我非柳子，击节为尔谣”。便是以刘丑并配区寄。

在柳集中，还有一篇《井铭》，前有小序，大意说：柳州人起先都是用陶器盛江水，还不曾用井水。但江岸高峻，逢到旱天，水源很远，步行上下，取水更困难。雨多时，又易滑跤，因而民间颇有怨言，怨言不能解决实际的困难，柳宗元便兴工在城中开井，不到一个月，井筑成了，水自然比江水清凉满盈。水是人民日常生活的重要资源，人民怎么不感激柳刺史呢？

还有一首《柳州城西北隅种甘（柑）树》：

手种黄甘二百株，春来新叶偏城隅。方同楚客怜皇树，不学荆门利木奴[①]。几岁开花闻喷雪，何人摘实见垂珠？若教坐待成林日，滋味还堪养老夫。

这首诗固然有以屈原作《橘颂》自喻之意，但种柑数目多至二百株，并且希望日后能成林，那还是为地方设想的。他死后，柳州人民即在其地建柑子堂，清乾隆间在罗池另建柑香亭。宋陶弼《柑子堂》诗云：

子厚才名甲有唐，谪官分得荔枝乡。罗池水尽黄柑死，独有空碑在画堂。

罗池在柳州城东，池水澄碧，旧时为柳州八景之一。宗元殁后三年，即长庆元年（821），柳州人民在罗池建庙，奉宗元为罗池之神，并由谢宁至京师请韩愈撰《柳州罗池庙碑》，文中对宗元在柳州的政绩作了多方面的称扬，笔调则亲切朴

① 木奴，指柑橘。三国襄阳人李衡于宅边种橘千株，临死时对他儿子说：我有千头木奴，你将来足够资用。宗元之意，他的种柑树，并不是像李衡那样为了有利可图。

茂，如“宅有新屋，步有新船。池园洁修，猪牛鸭鸡，肥大蕃息”，娓娓写来，也表现了对亡友的眷恋之情，末又用《骚》体作歌辞云：

> 荔子丹兮蕉黄，杂肴蔬兮进侯堂。侯之船兮两旗，度中流兮风泊之。待侯不来兮不知我悲。侯乘驹兮入庙，慰我民兮不嚬以笑。鹅之山兮柳之水，桂树团团兮白石齿。侯朝出游兮暮来归，春与猿吟兮秋鹤与飞。（下略）

我们现在已经无法想象，柳宗元在临终时的悲惨景象。据韩碑说，宗元在前一年已预感到“明年吾将死，死而为神，后三年，为庙祀我”。可见他对柳州的深情。我们也宁信他的精魂毅魄，在鹅山（柳州八景之一）柳水、桂树白石之间徜徉低徊，长护斯民。

韩愈文中的“柳侯”，只是一种尊称，就像称“柳公”一样。但宋徽宗时曾追封柳宗元为文惠侯，罗池庙也改名柳侯祠，高宗时又封为文惠昭灵侯。清代曾以柳侯祠为柳江书院，也含纪念意思。现存的柳侯祠根据清代模式重建，共三进，砖木结构，粉墙墨瓦，曲径回廊。柳侯祠附近有衣冠冢、思柳轩等。祠内有苏轼所书的《荔子碑》，因韩愈歌辞第一句为“荔子丹兮蕉黄”，故名，后世乃有“韩诗苏字柳事碑”之称。此碑书法，和《丰乐亭记》《醉翁亭记》《表忠观碑》并称东坡书法中四大名碑。原刻的碑石曾被毁坏，南宋嘉定时重新刻石，又因兵火使碑角损残，人称“断碑”。明洪武时因修城而复得缺失部分，故现存的《荔子碑》，石刻虽断，碑文犹全。

《东坡题跋》卷二：“韩退之诗云：水作青罗带，山为碧玉簪。柳子厚诗云：海上群山若剑铓，秋来处处割愁场。陆道士云：二公当时不相计，会好做成一属对。东坡为之对云：系闷岂无罗带水，割愁还有剑铓山。此可编入诗话也。”这也可作三贤翰墨因缘的补充。

愚溪岁月

苏轼《故周茂叔先生濂溪》结末有这样两句："应同柳州柳，聊使愚溪愚。"这两句都是咏柳宗元谪居时的故事。愚溪岁月，是他生命中的重要过程，也具有悲剧色彩。

零陵县西南有一条小溪，本名冉溪。元和五年（810）夏秋之间，柳宗元从城中迁居于冉溪，另筑家园，改名愚溪，并将小丘、泉水、沟渠等八处，都加上愚字，如愚丘、愚泉、愚渠，写成《八愚诗》，刻在岩石上，可惜八首诗皆已佚失。

他为什么特地用上愚字呢？在《愚溪对》中，曾假借梦中和溪神辩论，表达他的意图。

先是溪神责问柳宗元：你为什么侮辱我，使我成为愚？有其实才有其名，例如恶溪、弱水、浊泾、黑水都是名实相符的。现在我很清很美，又为你所喜欢，我的功劳可以普及田亩，力量可以运载渡船，你看中这地方，非但不感激反而诬枉我？

宗元回答说：你的确无愚之实质，但因我之愚而偏偏喜欢卜居于此，你怎么逃得掉这一坏名声？明王之世，智者用，愚者优。你这地方离王都三千余里，偏僻荒凉，只有犯罪受辱愚陋的人才适合伏身。你想得到智之名么？那么，为什么不去召呼聪明精悍、手握重柄、主宰天下的人来居住呢？

溪神说：这话倒也有理，但你的愚陋怎么会牵及到我头上呢？

宗元答道：我的愚即使涸尽溪流，也不够濡沾我的笔端：逢到冰雪严冬，人家穿皮裘我却穿单衫，大热天人家迎风纳凉我却靠近火堆。脚踏陷阱，头抵木石，仆在毒蛇上，我迟钝到不知恐惧。“进不为盈，退不为抑。荒凉昏默，卒不自克。”我因此而使你受污辱，可以不可以呢？

溪神闻而大为叹惜，以至涕泣交流，举手而辞。

他又写过一篇《愚溪诗序》，其中说：宁武子“邦无道则愚”，颜渊“终日不违如愚”，都算不得真愚。现在我生在有道之世，行为却是违理悖事，所以，任何人都比不上我的愚陋。

这两篇文章的愤激牢骚情绪是很显明的，韩愈所谓“物不得其平则鸣”，如果在清代文字狱高潮时期，以逐臣而写这样文章，必然罪加一等，不堪设想。

何焯说《诗序》“词意殊怨愤不逊，然不露一迹”。袁昶说："盖子厚徒以文辞鸣，特自托于旷达，以寄其牢骚不平之气耳，其实于天人性命之源，未及梦见。"林纾说《愚溪对》"有悔过意，有引罪意，则发其无尽之牢骚，泄其一腔之悲愤"。他们对柳宗元的评价也许并不正确，但都认为《诗序》和《对》是有怨愤牢骚之意，林纾的悔过、引罪云云并无根据，不知是否因为看了柳文表面上认罪的话？以林氏的学识似不至如此蒙昧，否则，倒真的"愚陋"了。

章士钊《柳文指要》却说："此为子厚《骚》意最重之作，然亦止于为《骚》而已，即使怨家读之，亦不能有所恨，以全部文字，一味责己之愚，而对任何人都无敌意，其所谓无敌意者，又全本乎真诚，而不见一毫牵强，倘作者非通天人性命之源，决不能达到此一境地。"因而以何、袁、林的话都不正确。既然是《骚》意最重之作，就不可能对任何人都无敌意，只要看看"胡不呼今之聪明皎厉、握天子有司之柄以生育天下者"这几句话，他对趋时媚世的权贵的敌意，谁都可以看得出，在《贺者对》中又说："嘻笑之怒，甚乎裂眥，长歌之哀，过乎恸哭。"同样是这种郁结情绪的自我发泄。

少时陈力希公侯，许国不复为身谋。风波一跌逝万里，壮心瓦解空缧囚。缧囚终老无余事，愿卜湘西冉溪地。却学寿张樊敬侯，种漆南园待成器。

《冉溪》

这也是感慨年轻时为国尽力的雄心，到了中年，却完全空抛，反成为罪囚，囚老无事，只好闲居冉溪，仿效后汉樊重种漆南园故事。樊重曾封寿张侯，谥曰“敬”。他种漆树时曾被人讥笑，但积以岁月，器物皆得其用。宗元用这典故，说明他心头还有火焰在燃烧，对现实还未绝望。

又如《溪居》云：

久为簪组累，幸此南夷谪。闲依农圃邻，偶似山林客。晓耕翻露草，夜榜响溪石。来往不逢人，长歌楚天碧。

开头两句，也是反话，与苏轼《六月二十日夜渡海》的“九死南荒吾不恨，兹游奇绝冠平生”有相近处。后面三句，写他晚上还在泛舟溪中，“来往不逢人，长歌楚天碧”，与《江雪》的“独钓寒江雪”文异而境同，同是“长歌之哀，过乎恸哭”。

悠悠雨初霁，独绕清溪曲。引杖试荒泉，解带围新竹。

沉吟亦何事，寂寞固所欲。幸此息营营，啸歌静炎燠。

《夏初雨后寻愚溪》

他真的喜欢寂寞么？看末句“啸歌静炎燠”，便不难窥见他的处于压制中复杂矛盾的心情。在《中夜起望西园值月上》的结末说：“倚楹遂至旦，寂寞将何言？”这时是繁露纷堕的秋冬之间的深夜，他已经睡了，忽然又起身开户而向西园，他看到寒月上岭，远闻石泉流响，山鸟偶而送来啼声，他竟然倚柱而至天明，整个身心被一大片寂寞包围着，可是这寂寞又向谁申诉呢？读者仿佛也感染到一种历史的寂寞。

柳宗元殁后三年（822），他的挚友刘禹锡曾作《伤愚溪三首》，前有小引：“故人柳子厚之谪永州，得胜地，结茅树蔬，为沼沚，为台榭，目曰愚溪。柳子没三年，有僧游零陵，告余曰：愚溪无复曩时矣。一闻僧言，悲不能自胜，遂以所闻为七言以寄恨”：

溪水悠悠春自来，草堂无主燕飞回。隔帘惟见中庭草，一树山榴依旧开。

草圣数行留坏壁，木奴千树属邻家。唯见里门通德榜，残阳寂寞出樵车。

柳门竹巷依依在，野草青苔日日多。纵有邻人解吹笛，山阳旧侣更谁过？

草圣数行指柳宗元擅章草，木奴指橘树，宗元在永州时曾种柑橘。通德榜用后汉经师郑玄家门有通德门之称的典故，邻人吹笛用向秀伤怀好友嵇康、吕安典故。

刘禹锡也是八司马之一，这时在夔州，宗元之殁虽只三年，而愚溪已非复旧观，他的家园就有樵车出入了。

瞿蜕园《刘禹锡集笺证》云：“刘、柳交情非等伦，故诗既真率复沉挚，柳以书名，据其诗集，在永州种果树药草，颇费经营，故草圣木奴之句皆纪实也。令人想见其在时风致，得此僧所言而诗愈有味。”

瞿氏的《笺证》全稿完成于1965年，本人惨殁于十年动乱中，至1990年才得出版，亦含纪念意义，今读刘诗“纵有邻人解吹笛，山阳旧侣更谁过”句，辄为惘然。

柳州书法

在前一篇《愚溪岁月》中，曾引刘禹锡“草圣数行留坏壁”句，说明柳宗元于诗文之外，还工书法，此篇就作为专题来谈。

所谓柳州书法，颇为后人称道，以致与柳公权相混淆。宗元撰作的若干碑志，即由他自己书写刻石，如《南岳般舟和尚第二碑》《南岳大明寺律和尚碑》等。他在《与李睦州（幼清）论服气书》中，曾自述其苦学书法的经过，又在《与吕恭论墓石中书》中说：“仆蚤（早）好观古书，家所蓄晋魏时尺牍甚具。又二十年来，遍观长安贵人好事者所蓄，殆无遗焉。”章士钊《柳文指要》说：“由是观之，子厚于书，殆未尝有本师，而特伏攻故书，及博览魏晋名人手札，而能自得师以底于成也。”这推测是对的。

在诗篇中，记述宗元书法轶事的，要推他和刘禹锡之间唱和的那几首，对“元和脚”的出处也很引起后人的兴趣。

宗元在柳州时，曾写了一首《殷贤戏批书后寄刘连州并示孟仑二童》，前有自注云：“家有右军书，每纸背庾翼题云：王会稽六纸，二月三十日尝观。”这“右军书”不知是否真迹？因王羲之曾任会稽内史，故称。殷贤生平不详，刘连州指禹锡时任连州（今广东连县）刺史，孟、仑二童为禹锡儿子。[①]诗云：

书成欲寄庾安西，纸背应劳手自题。闻道近来诸子弟，临池寻已厌家鸡。

庾翼为东晋名将，曾任安西将军，这里借喻刘禹锡。庾翼书法，和王羲之齐名，但羲之是后进，翼曾与人书云：小儿辈贱家鸡，爱野雉，皆学逸少书，顷吾还叱之。后世也以家鸡野鹜比喻不同的书法风格。苏轼《书刘景文所藏王子敬帖》：“家鸡野鹜同登俎，春蚓秋蛇总入奁。”陈师道《赠吴氏兄弟》亦云：“不解征西诸子弟，却怜野鹜厌家鸡。”这是

---

① 卞孝萱《刘禹锡年谱》：禹锡长子名咸允，字信臣，次子名同廙，字敬臣。孟郎、仑郎当是二子的乳名。

指刘家子弟，这时都在学柳州书法。又据赵璘《因话录》：当时后生多学柳宗元书，其中尤以章草为时所宝。则诗中的“诸子弟”，恐也包括当时其他学柳书的少年人。

禹锡答以《酬柳柳州家鸡之赠》：

> 日日临池弄小雏，还思写论付官奴。柳家新样元和脚，且尽姜芽敛手徒。

此诗中有几处后人解释颇为分歧：（一）官奴指的是谁？柳集旧注引褚遂良撰《王右军书目》，第一为《乐毅论》，第十九有与官奴小女书，以为官奴当是羲之女儿。章士钊以为官奴为子敬（王献之，羲之儿子）小名，非女儿，这里是禹锡指自己儿子孟郎、仑郎，并举姜宸英题跋及羲之《官奴小女玉润帖》为证，所谓“官奴小女”，实是羲之孙女、献之女儿玉润。其说颇可采取。（二）元和脚是当时流行俗语，犹如称“时世装”。胡仔《苕溪渔隐丛话》引《复斋漫录》：当时有徐仙者效黄庭坚书法，陈师道投以“肯学黄家元祐脚，知信人厄匪天穷”诗。最后见苏轼《柳氏求笔迹诗》：“君家自有元和手，莫厌家鸡更问人。”其理虽同，但“手”字为异。方回《跋吴初邻山谷临风笛真迹》也有“细认黄家元祐脚，似人殊喜见他乡”语。脚与手皆为人的肢体一部分，所谓“元和脚”者或即元和体之意。（三）刘诗的“元和脚”，柳集旧注以为指柳公权，直到清代宋长白《柳亭诗话》犹持此说。柳公权虽为宗元堂叔，他的书法更其有名，后人有“颜（真卿）筋柳骨”之称，连《西厢记》也说“有柳骨颜筋”，但他于元和三年登进士第，当时名位尚未隆著，所以这里的“元和脚”指宗元而非公权。姜芽喻笔姿。刘诗末两句意谓，自己也想以书学传于子弟，无奈有柳家新样，只得敛手。

宗元得此诗后，又有《重赠二首》：

> 闻说将雏向墨池，刘家还有异同词。如今试遣隈墙问，已道世人那得知？世上悠悠不识真，姜芽尽是捧心人。若道柳家无子弟，往年何事乞西宾？

汉代刘向、刘歆父子论经学时，歆常向其父诘难，向亦不能驳正。柳诗第二句即用此典，也即补申前诗“厌家鸡”之说。晋谢安问王献之：“君书何如君家尊？”答道：“固当不同。”安说：“外论不尔。”答道：“人那得知？”三四两句，即是用此典以奖勉禹锡儿子的书法。

第二首自谦时论不足凭，勉强学步反成丑人效颦。但柳家若无佳子弟，当年何必向宗元乞书班固《西都赋》？班赋中曾有西都宾问于东都主人故事。

禹锡又作《答前篇》《答后篇》二诗：

小儿弄笔不能嗔，涴壁书窗且赏勤。闻彼梦熊犹未兆，女中谁是卫夫人？

昔日慵工记姓名，远劳辛苦写《西京》。近来渐有临池兴，为报元常欲抗行。

古人以梦熊罴为得男孩之兆，《答前篇》末两句，指当时宗元儿子周六尚未出生，只有一女。宗元元配杨氏，于结婚三年后即去世，“女中谁是卫夫人”，不知指其继室还是女儿？

第二首首句用项羽“书足以记姓名而已”典故，意谓从前懒于学习书法，自从宗元写赠《西都赋》后，渐有临池之兴，欲效王羲之以书法与钟繇（字元常）抗行的故事。

宗元又作《叠前》和《叠后》二诗报之：

小学新翻墨沼波，羡君琼树散枝柯。左家弄玉唯娇女，空觉庭前鸟迹多。

事业无成耻艺成，南宫起草旧连名。劝君火急添功用，趁取当时二妙声。

第一首的第二句比喻梦得儿子之佳美，第三句用左思《娇女诗》意：“吾家有娇女，皎皎颇白晰。握笔利彤管，篆刻未期益。”弄土犹言弄瓦。《淮南子·说山训》：“见鸟迹而知著书。”后遂以“鸟迹”喻书法。这两句意谓：如今在家的只有一个女儿，她学书之纸散落庭中，有如鸟迹之多。

第二首次句指柳、刘从前同属尚书省（南宫）。末句用晋尚书令卫瓘、尚书郎索靖皆善草书，时人称为一台二妙典故。

上引柳、刘诸诗，固非二人精品，但亦可备一时之掌故，见两家的友情，如果友情不亲密，就不可能有这样戏弄之作。

其次，唐宋时文人之能书法的很普遍，而书法和篆刻又为中国特有的艺术，诗歌、绘画、音乐等外国都有，也不比中国差，唯有书法与篆刻，在世界艺术史上只能让中国独占一章。日本亦有擅长书法的名家，但源流却传自中土。这是汉字一大功劳。《柳文指要》记沈曾植言日本书法源流，橘逸势传笔法于柳宗元，唐人呼为橘秀才。此固中日文化交流史上佳话，但橘之书法，自仍渊源于中国。

衡阳分手

八司马被谪后，至元和十年（815）正月，朝廷曾诏赴京师任职。柳宗元和刘禹锡结伴同行，并作《诏追赴都二月至灞亭上》：

> 十一年前南渡客，四千里外北归人。诏书许逐阳和至，驿路开花处处新。

灞水在长安附近，可见他们是在二月到达长安。可是到了三月，宗元却出为柳州刺史，禹锡出为连州刺史。刺史在名义上高于司马，可是柳州和连州，却比原来的永州和朗州（今湖南常德）更荒远僻陋了。

为什么短短三个月之间，有这样急剧的变化呢？

据《旧唐书·刘禹锡传》：禹锡到京城后，宰相本欲置之郎署（任京官）。后因禹锡作玄都观看花诗，语涉讥刺，复出为播州刺史（后改连州）。

刘诗的题目为《元和十一年自朗州承召至京戏赠看花诸君子》，诗云：

> 紫陌红尘拂面来，无人不道看花回。玄都观里桃千树，尽是刘郎去后栽。

题目中十一年的“一”字是衍文，应作十年。玄都观为道观，在长安县崇宁坊。唐人诗中咏玄都观赏桃花者很多，如姚合《游昊天玄都观诗》即有“阴径红桃花，秋坛白石生”语，禹锡至京时正值春天赏桃时，事亦寻常。《资治通鉴·考异》：“当时叔文之党，一切除远州刺史，不止禹锡一人，岂缘此诗，盖以此得播州恶处耳。”这说得也有见地，如与永贞案无关的元稹也同时被贬，但刘诗意含讥刺也是事实，末句的“尽是刘郎去后栽”，为全诗最警辟处，也是人人都看得明白，就成为获罪一个因头了。

于是刘、柳又一同离开长安，至衡阳而分手，宗元作了一首《衡阳与梦得分路赠别》：

十年憔悴到秦京，谁料翻为岭外行。伏波故道风烟在，翁仲遗墟草树平。直以慵疏招物议，休将文字占时名。今朝不用临河别，垂泪千行便濯缨。

伏波故道指后汉伏波将军马援南征时亦由此道前往，第五句实是无可奈何的解嘲之词。

禹锡乃作《再授连州至衡阳酬柳柳州赠别》：

去国十年同赴召，渡湘千里又分歧。重临事异黄丞相，三黜名惭柳士师。归目并随回雁尽，愁肠正遇断猿时。桂江东过连山下，相望长吟《有所思》。

西汉贤相黄霸，曾任颍川太守，颇有政声，后因故贬秩，有诏归颍川太守官。柳下惠为士师，三次被罢官，柳宗元《祭穆质给事文》也有“形躯获宥，三黜无亏”语。刘禹锡初次遭贬为连州刺史，途中追贬为朗州司马，现又贬为连州刺史，和黄霸重临一地相同而事件相异，也含牢骚意。三黜句切宗元之姓，而禹锡自己既同赴召，中又分歧，名与柳齐，实有愧色，是自谦之词。桂江即漓江，连山在连州。桂江东流，并不经过连山，此处借喻两地相通，唯有长吟古乐府《有所思》以解想望。这是禹锡名篇之一，王夫之《唐诗评选》所谓“字皆如濯，句皆如拔”，亦因他们的聚散确有使人同情感叹之处。

两人又作了七绝：

二十年来万事同，今朝歧路忽西东。圣恩若许归田去，晚岁当为邻舍翁。

柳宗元《重别梦得》

弱冠同怀长者忧，临歧回想尽悠悠。耦耕若便遗身老，黄发相看万事休。

刘禹锡《重答柳柳州》

贞元九年（793），柳、刘同举进士，其后出处略同，到这时已是二十三年，宗元四十三岁，禹锡长他一岁。在这两首诗中，两人的情绪都很消沉，宗元只想今后归田务农，所以禹锡以《论语》中长沮、桀溺的耦耕故事答之。耦耕即偶耕，也即并耕。老人发白，白久则黄，故常以黄发比喻老人。

信书诚自误，经事渐知非。今日临湘别，何年休汝归？

柳宗元《三赠刘员外》

年方伯玉早，恨比《四愁》多。会待休车骑，相随也罻罗。[1]

刘禹锡《答》

柳诗末句“何年休汝归”，一作“何年待汝归”。实误。刘诗的“会待休车骑”，系用谢朓《休沐重还道中》的“还邛歌赋似，休汝车骑非”句意。《后汉书》：许劭，字子将，汝南人，袁绍车徒甚盛，将入界内，曰：吾舆服岂可使许子将相见，遂以单车归家。柳用谢诗意，故刘以此答之，意思都是等待早日归田休息。瞿蜕园《刘禹锡集笺证》已有考辨。又，谢朓《暂使下都夜发新林至京邑赠西府同僚》也有“寄言罻罗者，寥廓已高翔”语，刘诗末句的“相随出罻罗”也是用谢诗意。柳集旧注只引《礼记·王制》，未引谢诗，亦失禹锡原意。

这时二人皆未五十，故说比蘧伯玉五十知非之意还早。张衡《四愁诗》：“我所思兮在桂林，欲往从之湘水深。”当时柳、刘皆渡湘水而南，所以说“恨比《四愁》多”。

元和十四年，禹锡老母病逝。至十一月，途次衡阳，又闻

---

①《重别梦得》《三赠刘员外》两诗，《柳宗元集》皆作宗元作，《刘禹锡集笺证》作禹锡作，题目为《重别》《三赠》。

得宗元之卒。乃作《重至衡阳伤柳仪曹》，前有小引："元和乙未岁，与故人柳子厚临湘水为别。柳浮舟适柳州，余登陆赴连州。后五年，余从故道出桂岭，至前别处，而君殁于南中，因赋诗以投吊"：

忆昨与故人，湘江岸头别。我马映林嘶，君帆转山灭。马嘶循故道，帆灭如流电。千里江蓠春，故人今不见。

仪曹指宗元曾任礼部员外郎。"忆昨"之"昨"在古诗中也作"昔"字用。柳、刘二人的患难交情，于此可见其概略。大和二年（829），刘禹锡任主客郎中，重游玄都观，已荡然无复一树，唯兔葵燕麦（泛指野草）动摇于春风，因再作一绝：

百亩中庭半是苔，桃花净尽菜花开。种桃道士归何处，前度刘郎今又来。

大和为文宗年号，这时禹锡年五十七岁，已经历了顺宗、宪宗、穆宗、敬宗、文宗五朝，旧交零落，故而听旧宫人穆氏唱歌，便有"休唱贞元供奉曲，当时朝士已无多"之慨了。

怀旧与别弟

柳宗元的散文，以山水游记为一大特色，游记中又以永州八记最隽永，得之于大块，出之以小品，真正称得上绝妙好辞。但他到了柳州后，只写了两篇游记：《柳州东亭记》与《柳州山水近治可游者记》。前者记他建筑东亭的经过，严格说来，尚非游记；后者文字艰涩，不易理解，其中有这样的话："有山无麓，广百寻，高五丈，下上若一，曰甑山。"又说："峨山在野中，无麓。"麓是山脚，既有山，何以无山脚？章士钊《柳文指要》："意者此地原是海底，山上泥沙，积年由海水冲洗净尽，仅余骨干，以成今形。"并以为这是粤西之山的特色。但此文又记石鱼之山，"有麓环之"。他还写过《登柳州峨山》："荒山秋日午，独上意悠悠。如何望乡处，西北是融州。"如果峨山无麓，他怎能悠悠独上？大概这两座山，形状特别诡奇，望之若无麓，宗元游记，常多奇趣，此文既欲记其可游，自必力穷其奇。

他在柳州时写的诗，已经读过几首，还有《登柳州城楼寄漳汀封连四州》这首七律，是他晚年杰作，也是脍炙人口的：

城上高楼接大荒，海天愁思正茫茫。惊风乱飐芙蓉水，密雨斜侵薜荔墙。岭树重遮千里目，江流曲似九回肠。共来百越文身地，犹自音书滞一乡。

当时谪贬的八司马，凌准、韦执谊皆已卒于贬所，宗元并撰过《哭连州凌员外司马》。程异已被起用，八司马中起用的只有他。留下来的便是在漳州的韩泰、在汀州的韩晔、在连州的刘禹锡、在封州的陈谏，以及柳宗元自己。

宗元到永州在夏历六月，他写诗时也在夏日，这一天恰值骤风密雨，芙蓉（荷花）盛开于水中，蔓生的薜荔萦绕于城墙。炎荒万里，风雨怀人，人居文身之地，音讯更难相通。

首句的“接”是目接。起势极高，和杜甫《登楼》的“花近高楼伤客心，万方多难此登临”相逼近。方回《瀛奎律髓》卷四，引陆贻典评语：“子厚诗律细于昌黎，至柳州诸咏，尤极神妙，宣城（谢朓）、参军（鲍照）之匹。”从颔颈两联看，更为显著。纪昀评云：“一起意境阔远，倒摄四州，有神无迹，通篇情景俱包得起。三、四，赋中之比，不露痕迹，旧说谓借寓震撼危疑之意，好不着相。”（穿凿）所谓“赋中之比”，意即写实之中寓比喻。薜荔又名木莲，花小，其实形似莲房。

零落残魂倍黯然，双垂别泪越江边。一身去国六千里，万死投荒十二年。桂岭瘴来云似墨，洞庭春尽水如天。欲知此后相思梦，长在荆门郢树烟。

《别舍弟宗一》

元和十一年春，宗元的堂弟宗一，将自柳州赴江陵，乃作诗赠之。越江即粤江，这里指柳江。宗元于永贞元年被贬至永州，到这时正好十二个年头。荆、郢都在江陵附近，也即宗一要去的地方。

宗元诗长于哀怨，这时身为逐臣，又值骨肉分离，故而更加凄伤。方回评云：“此乃到柳州后，其弟归汉、郢间，作此为别。投荒十二年，其句哀矣，然自取之也。为太守尚怨如此，非大富贵不满愿，亦躁矣哉。”这是厚诬古人，不值一驳，所以为纪昀抹去。

但此诗中的末两句，却引起后人一番争论。南宋周紫芝《竹坡诗话》："此诗可谓妙绝一世。但梦中安能见郢树烟？'烟'字只当用'边'字，盖前有'江边'故耳。不然，当改云'欲知此后相思处，望断荆门郢树烟'。如此却是稳当。"未免庸人自扰。既是梦中，怎么不可能见到郢树烟呢？《瀛奎律髓》卷四十三纪昀评云："语意浑成而真切，至今传颂口熟，仍不觉其滥。"但他又以为"烟"字是趁韵。这比周紫芝说得合理些。许印芳也说："牵一'烟'字凑句，此临文苟且之过也。"吴景旭《历代诗话》卷四十九，批评周紫芝之说是痴人前说不得梦，又云："不知天下梦境极灵极幻、疑假疑真，著一'烟'字缀之，使模糊离迷于其间，以梦为体，以烟为用，说出一种况味，诗人神行处也。如太白诗：'相思若烟草，历乱无冬春。'盖善说相思，无如烟树烟草矣。"这固然可备一说。薛雪《一瓢诗话》，也讥周紫芝穿凿附会，梦中说梦。但纪、许凑字之说，也不为无见。实则必欲改字，也不必一定改成"边"字，只要改成"前"字就可以，和上一句"欲知此后"的"后"字也可以呼应。

北宋黄庭坚《雨中登岳阳楼望君山》云：

投荒万死鬓毛斑，生出瞿塘滟滪堆。未到江南先一笑，岳阳楼上对君山。

这也是黄诗中的名篇，第一句的投荒万死便是用柳诗句意。不过，这一次黄氏是从谪贬的蜀中逢赦回乡，所以诗的情调很轻快。可是两年后，又被人告发，说他在流寓荆州时写的《承天院塔记》中有“幸灾谤国”的话，因而被除名流放到宜州，宜州即今广西宜山，最后便死于戍楼上了。

比喻之两柄

《诗经》六义：风、雅、颂、赋、比、兴。后三种指诗歌的创作方法，《诗经》中使用这些手法的很多。自从屈原以美人香草、恶禽臭物作为忠奸之比后，以动物作比喻的尤其繁多，因为动物有动作、有食欲、有鸣声，有的还有表情，所以更容易作为模特儿。

杜甫有一首《瘦马行》：

东郊瘦马使我伤，骨骼硉兀如堵墙。绊之欲动转欹侧，此岂有意仍腾骧？细看六印带官字，众道三军遗路旁。皮干剥落杂泥滓，毛暗萧条连雪霜。去岁奔波逐余寇，骅骝不惯不得将。士卒多骑内厩马，惆怅恐是病乘黄。当时历块误一蹶，委弃非汝能周防。见人惨淡若哀诉，失主错莫无晶光。天寒远放雁为伴，日暮不收乌啄疮。谁家且养愿终惠，更试明年春草长。

诗约作于至德三年（758），作者在长安，当时处境很穷困。作诗的原来意图，后人说法纷异，但这首诗必是有感而发，不是就事论事，那是一目了然的。

这匹马瘦到什么地步？诗人用七个字来形容："骨骼硉兀如堵墙"，就是骨头像可砌墙的石头，一点脂肪也没有了。石墙是不会动的，瘦马虽被绊系，身子却从侧面东转西倾。难道不甘心束缚仍想跳跃飞奔么？再从马身上细看，它的左右颊、大腿、肩膀打上六处内厩（皇宫中马房）的官印。人家说，这是官军将它遗弃在路旁，从它皮毛上残留的泥滓和霜雪看，可见被弃已久。官军于去年曾经追逐余寇，士兵多骑内厩的良马，但对它却没有好好训练，所以不能使用，使乘黄（千里马）成为病马。被弃的原因由于在一跃中而挫跌，那就不是它的过错；马为此而受到委屈，向人似欲哀诉失主之悲，精神萎颓无光。

诗人为它而担心，怕日暮有乌鸦啄它的疮，诗人又为它而祈求，但愿有好心肠的人来收养它。

杨慎《升庵诗话》说："索物以托情谓之比，情附物也。"此诗即发挥了这种比的托情作用。

章士钊《柳文指要》，将柳宗元的《跂乌词》和《病马行》媲美：

> 城上日出群乌飞，鸦鸦争赴朝阳枝。刷毛伸翼和且乐，尔独落魄今何为？无乃慕高近白日，三足妒尔令尔疾？无乃饥啼走路旁，食鲜攫肉人所伤？[①]翘肖独足下丛薄，口衔低枝始能跃。还顾泥涂备蝼蚁，仰看栋梁防燕雀。左右六翮利如刀，踊身失势不得高。支离无趾犹自免，努力低飞逃后患。

跂乌是独脚乌鸦，诗由群鸦的争赴阳枝而托出跂乌的分外孤独可怜。跂乌为什么如此落魄？诗人作了种种推测：莫非因爱高飞而接近太阳，惹得日中的三脚乌妒忌，让它也少了一只脚，大家都变成畸形？还是因饥嘴馋，抢人吃的肉，被人伤害？

接下来是哀怜和劝诫：身躯这样细小，脚又只得一只，飞下丛林，只有向低枝才能活动。蚂蚁是微虫，燕雀是同类，力量都小于乌鸦，但因乌只一脚，就可以侵犯它、欺侮它。加上两旁众禽的双翅锋利如刀，要想踊身也因没有力量而不得高

---

①《汉书·黄霸传》，黄霸为颍川太守，择廉吏往地方密访，吏食于道旁，乌攫其肉。

飞。想想形体不全的支离疏还能终其天年（典出《庄子·人间世》），不如“努力低飞逃后患”。自然，这原是反语，诗人的本意是决不甘心于低飞。

杜诗实多于虚，柳诗虚多于实，而愤激哀怨的情绪更为明显。马瘦得像石头，鸦只剩一只脚，这些形象，其实并不美妙。诗人却写得笔酣墨畅，奇形怪状，其实是一种创作上的变态心理，它使诗人尽情发泄，获得快感，超越了心理和物理之间的距离。在穷困失意，受到压制时，任何人都会产生这种变态心理，何况是多愁善感的诗人，不管他平日如何严谨方正。《瘦马行》曾有“日暮不收乌啄疮”的话，恰好北宋的王禹偁写过一首《乌啄疮驴诗》：

> 商山老乌何惨酷，喙长于钉利于镞。拾虫啄卵从尔为，安得残我负疮畜。我从去岁谪商於，行李惟存一蹇驴。来登秦岭又巉岩，为我驮背百卷书。穿皮露脊痕连腹，半年治疗将平复。老乌昨日忽下来，啄破旧疮取新肉。驴号仆叫乌已飞，劘嘴振毛坐吾屋。我驴我仆奈尔何，悔不挟弹更张罗。赖是商山多鸷鸟，便问邻家借秋鹞。铁尔拳兮钩尔爪，折乌颈兮食乌脑。岂唯取尔饥肠饱，亦与疮驴复仇了。

此诗作于谪居河南商山时，本为歌行体，所以全诗明白流畅。前半段是写实，乌啄驴马大概是当时常见现象。作者在谪贬途中，驴为他负书百卷，书对文士，仅次于生命，故对驴有特殊的爱怜之情。后面只是愿望，商山老乌啄了驴疮之后，早已远走高飞，即使借到邻家鸷鸟（猛禽，即下文之鹞），怎能报得了仇？

作者爱好白居易诗，严羽《沧浪诗话》列入宋诗中的“白体”，此诗可能从白氏新乐府如《秦吉了》得到启示。《秦吉了》的原注说是“哀冤民也”，即有感于“乌啄母鸡双眼枯”而寄期望于能言之秦吉了，要他在凤凰前进言。王诗由自己的身边琐事联系到社会生活，把老乌比作欺压弱者的恶势力，因而有除恶的愿望。

在柳诗中，跂乌比作同情怜悯的对象，在王诗中，老乌是憎恨诅咒的对象。同一事物，援以为喻，而褒贬喜恶截然相反。吴景旭《历代诗话》卷五十二引韦应物“心同野鹤与尘语，诗似冰壶彻底清”语，这是以冰壶比喻清澈，但在《送人诗》中又说：“冰壶见底未为清，少年如玉有诗名”，则冰壶也未必清澈。作者是一个人，而对冰壶之取譬却不相同，用钱锺书《管锥编》中的话，就叫“比喻之两柄”。

鹧鸪诗话

古代小说戏曲中，常有这样一句话：“行不得也哥哥。”就字面看，好像弟妹劝兄长不要外出，后人便以此比喻世途的艰难。但它的原来出处，却是鹧鸪鸣声的拟意。

据《本草纲目》卷四八：“鹧鸪性畏霜露，早晚稀出，夜栖以木叶蔽身，多对啼，今俗谓其鸣曰行不得也哥哥。”它的名字，就因其鸣声“鹧鸪”而得名。鸣时常立于山顶树上，其巢筑于土穴中，以草叶等造成，古谚有“偃鼠饮河，止于满腹。鹧鸪衔叶，才能覆身”的话，当是这种造巢习惯引起的误会。它的分布地在中国南方及缅甸、越南、泰国等。

唐诗中咏鹧鸪的很多，郑谷就以写鹧鸪诗被人称为郑鹧鸪，如同崔珏被称为崔鸳鸯，宋代张炎被称为张孤雁，明代袁凯被称为袁白燕。

暖戏烟芜锦翼齐，品流应得近山鸡。雨黄青草湖边过，花落黄陵庙里啼。游子乍闻征袖湿，佳人才唱翠眉低。相呼相应湘江阔，苦竹丛深春日西。

这是郑谷写的鹧鸪诗。青草湖、黄陵庙、苦竹岭都在今湖南境，点明鹧鸪活动地区。第六句“佳人才唱翠眉低”，需要略为说明。

《乐府诗集》有《山鹧鸪》，为曲调名，歌词内容和鹧鸪无关，就像词调的《鹧鸪天》一样。郑谷诗的这一句，便是指歌女在唱这种流行的曲调，歌声仿效鹧鸪的鸣声，所以下文说“相呼相应湘江阔”。他的《侯家鹧鸪》也有“唯有佳人忆南国，殷勤为尔唱愁词”语。许浑也有《听歌鹧鸪辞》，说是“词调清怨”，郑诗说是“愁词”，可见曲调很凄凉。

李白《秋浦清溪雪夜对酒客有唱鹧鸪者》：“客有桂阳至，能吟《山鹧鸪》。清风动窗竹，越鸟起相呼。”这是李白在安徽贵池听到的，客人则是从湖南来，末一句也指歌声和禽声相呼应。

李白另外写过一首《山鹧鸪词》：

苦竹岭头秋月辉，苦竹南枝鹧鸪飞。嫁得燕山胡雁婿，欲衔我向雁门归。山鸡翟雉来相劝，南禽多被北禽欺。紫塞严霜如剑戟，苍梧欲巢难背违。我心誓死不能去，哀鸣惊叫泪沾衣。

此诗有人说是当时或有人劝李白投靠北方谁氏，李白却安于南方不愿去，故托为鹧鸪之言谢绝。也有人说，可能是南方女子嫁为北人之妇，悲啼誓死而不忍去。李白见而哀之，乃作此诗。笔者觉得不妨依从后说，使此诗增强悲剧色彩。

这里要说到韩柳了。

韩愈在谪贬潮州时，曾作《晚次宣溪辱韶州张端公使君惠书叙别书怀酬以绝句二章》，张端公指张蒙，宣溪在韶州城南。其第一首云：

韶州南去接宣溪，云水苍茫日向西。客泪数行元自落，鹧鸪休傍耳边啼。

这也是韩愈南贬途中精彩之作，宋顾乐《唐人万首绝句选》评云："铁石人说真情景，自然深妙。"鸟语禽言，本是逗人欢趣，但在逐客征人，反而增加凄怆。唐无名氏的"等是有家归不得，杜鹃休向耳边啼”，和韩诗正是同调。清黄仲则《听子规》的“只解千山唤行客，不知身是未归魂”，就作意来说，要比上两首婉转而深切。

柳宗元在南谪时，写过一首《放鹧鸪词》，含有寓言意味，在“鹧鸪文学”中，另有一种况味：

> 楚越有鸟甘且腴，嘲嘲自名为鹧鸪。徇媒得食不复虑，机械潜发罹罝罦。羽毛摧折触笼籞，烟火煽赫惊庖厨。鼎前芍药调五味，膳夫攘腕左右视。齐王不忍觳觫牛，简子亦放邯郸鸠。二子得意犹念此，况我万里为孤囚？破笼展翅当远去，同类相呼莫相顾。

《本草纲目》：“南人专以炙食充庖，肉白而脆，味胜鸡雉。”所以闽人有“山食鹧鸪獐，海食马鲛鲳”的话。柳诗第一句的“甘且腴”便是为下文伏笔。三四两句，写得祸的原因：为了求食，就不再考虑后果，因而身陷罗网，尽管自己在笼中挣扎得羽毛零落，厨房中却已烧起柴火，用芍药做成调味的香料，厨工因鹧鸪的“甘且腴”而在伸臂张目。

齐宣王看到有人牵着牛将去宰杀，宣王说：“吾不忍其觳觫（恐惧貌），若无罪而就死地。”便将牛放了（事见《孟子·梁惠王》)。赵简子曾于元日放邯郸之鸠。诗人想起这两个故事，觉得这两位都是有权势的人，尚有仁慈之心，自己已沦为万里之囚，更应同病相怜。诗人又叮嘱鹧鸪：要是遇到同伙，可以招呼一声，却不要返身顾视。意思就是赶快走，莫停留。

鹧鸪是死里逃生，远飞而去了，诗人却仍处于天南的笼子中；韩愈不久又回到京师，也许从此耳边不再闻鹧鸪之声，柳宗元却老死于异乡。但在他一息尚存时，却让即将葬身烈火的无辜者，能够飞出笼中，终其天年。这种宏大的心愿，千载之下，仍然令人敬佩。

杨白花与杨叛儿

杨白花，风吹渡江水。坐令宫树无颜色，摇荡春光千万里。茫茫晓日下长秋，哀歌未断城鸦起。

《杨白花》

这是柳宗元写的一首乐府。单从字面看，还以为是一般的写景诗，实际是在写一件宫闱隐私，主角还是一位皇太后。

北魏名将杨大眼有个儿子叫杨白花，年轻勇猛，容貌雄伟。北魏的胡太后强迫他私通，他害怕日后会有祸患。杨大眼死后，白花便率部众投奔南朝的梁朝，改名杨华。胡太后追思不已，乃作《杨白花》歌辞，使宫人昼夜连臂蹋足歌唱，歌辞很凄伤。连臂蹋足指踏歌，即以足踏地为节拍。长秋指皇后所居宫名。如果作为一首情歌看，正如许颉《彦周诗话》所说，柳诗“言婉而情深，古今绝唱也”。

这故事见于《梁书》和《南史》，《魏书·宣武灵皇后胡氏传》未载，却载她“逼幸清河王（元）怿，淫乱肆情，为天下所恶”。然则胡太后所“逼幸”者不止杨白花一人，故有“胡后乱魏”之称。杜甫《丽人行》的“杨花雪落覆白蘋”，写虢国夫人杨氏和杨国忠淫乱事，用的典故即胡太后与杨白花事。

《乐府诗集·杂曲歌辞》收有《杨白花》一曲，前引《梁书》及《南史》，其曲辞云：

> 阳春二三月，杨柳齐作花。春花一夜入闺闼，杨花飘荡落南家。含情出户脚无力，拾得杨花泪沾臆。秋去春还双燕子，愿衔杨花入窠里。

这是属于北朝杂曲，用的是杂言体，但《乐府诗集》署名无名氏。胡太后的行事和武则天有近似处，武氏也作过《商调曲·如意娘》：

> 看朱成碧思纷纷，憔悴支离为忆君。不信比来长下泪，开箱验取石榴裙。

从文学的角度看，这两位皇太后实不失为作情歌的能手。

柳宗元写此诗的动机，已无法确知，或一时乘兴效乐府体。唐汝询云：“唐人用乐府旧题，咸别自造意，惟此为拟古。”所谓“别自造意”即指新乐府，柳诗仍是就事咏事。章士钊《柳文指要》说：“杨白花歌，除子厚外，少见有他人作，远不如明妃曲之泛滥，独清咸丰间山阳鲁一同咏杨白花（见《通甫类稿》）如下”：

> 杨白花，春风能吹尔，吹尔作花还作雪，又能吹入深宫里。深宫不可居，春风还相欺，慎勿随风渡江水。渡江化作江上萍，一去烟波千万里。

章氏又云：“此歌幅度与字面，都接近子厚作，此果通甫拟古为之，抑以唐汝询语为戒，别有所用意？殊未易晓。”柳、鲁两氏之作，恐仍是拟古，别无特殊用意。至于章氏说杨白花歌不如明妃曲之泛滥，这是因为胡太后的秽行根本不能和昭君出塞相提并论。

北魏是和南朝对立的，即所谓南北朝。无独有偶，在南齐隆昌时，女巫之子杨旻（即杨珉之）曾随母入内宫，长大后，为郁林王（萧昭业）的何皇后所宠幸，童谣有“杨婆儿，共戏来所欢”[①]。因语讹而成杨伴儿，又成杨叛儿。《乐府诗集·清商曲》载有《杨叛儿》的古辞八首，今录四首：

截玉作手钩，七宝光平天。绣沓织成带，严帐信可怜。

暂出白门前，杨柳可藏乌。欢作沉水香，侬作博山炉。

送郎乘艇子，不作遭风虑。横篙掷去桨，愿倒逐流去。

欢欲见莲时，移湖安屋里。芙蓉绕床生，卧眠抱莲子。

这是用民歌体写的两个情侣欢会后分离的情节，非咏何、杨事。可能是先有“杨婆儿，共戏来所欢”的童谣，民间便将涉及男女恋情的歌曲题为《杨伴儿》或《杨叛儿》。

沉水香为沉香别名，沉香是一种香木，脂膏凝结为块，入水能沉。博山炉指炉面雕刻作重叠山形的一种香炉。莲为“怜”的谐音。芙蓉本指荷花，这里是“夫容”的谐音。梁武帝（萧衍）有“南音多有会，偏重《叛儿曲》”语，大概这

①这里的童谣犹言民谣。据《南齐书》：杨珉之又与郁林王相爱亵，所以郁林王便放纵何、杨的丑行。“共戏来”当指此。杨珉之其实是人中渣滓。欢，犹言情郎。

一歌曲音节很悦耳，所以当时很流行。

李白也作过一首《杨叛儿》：

> 君歌《杨叛儿》，妾劝新丰酒。何许最关人？乌啼白门柳。乌啼隐杨花，君醉留妾家。博山炉中沉香火，双烟一气凌紫霞。

新丰酒是著名美酒，故知《杨叛儿》为当时流行名曲。男唱名曲，女劝名酒，借喻两情的极度浓密，无可超越。“关人”犹言关心、生情，下一句即女家所在地，白门为建康城的西门。五六两句，不仅为对句，而且隐显交错，乌鸦啼后而隐栖于杨花中，暗示时间已临日暮，男的又有醉意。末两句用古乐府辞意，却更上一层楼，但手法十分自然，正如陈沆《诗比兴笺》所说：“香化成烟，凌入云霞，而双双一气，不少变散，两情固结深矣。”李白此诗，是括用上引的古乐府第二首，但古乐府之妙思隐语，也因李白诗而明朗。“欢作沉水香，侬作博山炉”，正俗语所谓干柴烈火，李白用“双烟一气凌紫霞”，便予人以绵绵之思。

三良的是非

秦穆公为春秋时五霸之一。他临死时，命子车氏三兄弟奄息、仲行、鍼虎以活人殉葬，《诗经·秦风·黄鸟》即咏其事：

交交黄鸟，止于棘。谁从穆公？子车奄息。维此奄息，百夫之特。临其穴，惴惴其慄。彼苍者天，歼我良人。如可赎兮，人百其身。

这是以黄鸟起兴。意思是，那鸣叫着的黄雀尚能飞翔于树林，三良却不能寿终于家中。诗中的“临其穴，惴惴其慄”七个字，烘托了当时凄厉恐怖、惨绝人寰的气氛。

据《史记》正义引应劭说：穆公和群臣酣饮时，曾说：“生共此乐，死共此哀。”于是三良许诺，等到穆公死后，便践约以殉。所以有人以为“临其穴，惴惴其慄”是指旁观人的表情，他们被这惨酷的场面吓得发抖了。

历代对这一惨剧的评论不尽相同，邺下文人中，曹植《三良诗》：“功名不可为，忠义我所安。秦穆先下世，三臣皆自残。生时等荣乐，既没同忧患。谁言捐躯易，杀身诚独难”云云，是说三良出于自愿。王粲说：“自古无殉死，达人所共知。秦穆杀三良，惜哉空尔为。结发事明君，受恩良不訾。临没要之死，乌得不相随？”“要”指要挟、胁迫，三良怎能不从？故三良等于是秦穆公杀死。阮瑀《咏史诗》开宗明义即说“误哉秦穆公，身没从三良”。

到东晋则有陶渊明的《咏三良》，其中说：“一朝长逝后，愿言同此归。厚恩固难忘，君命安可违？临穴罔惟疑，投义志攸希。”这却是写三良自愿身殉。后人以为渊明当晋宋易代之际，故托三良、荆轲以发抒他的忠愤的激情，实是附会之谈。

柳宗元在谪贬时，也写过一首《咏三良》：

束带值明后，顾盼流辉光。一心在陈力，鼎列夸四方。款款效忠信，恩义皎如霜。生时亮同体，死没宁分张？壮躯闭幽隧，猛志填黄肠。殉死礼所非，况乃用其良？霸基弊不振，晋楚更张皇。疾病命固乱，魏氏言有章。从邪陷厥父，吾欲讨彼狂。

束带指恭敬，这一句即王粲“结发事明君”之意，“生时亮同体”指三良本为同胞兄弟。黄肠指柏木黄心的棺柩。“疾病”两句用这一典故：魏武子有宠妾，无子。武子患病时，嘱咐他儿子魏颗：他死后必须将其妾改嫁。等到病笃，又说：必以其妾为殉。及卒，魏颗将父妾嫁去，并说：“疾病则乱（病重时神智已昏乱），吾从其治（清醒时）也。”

上面几首，对穆公儿子康公未作讥评，柳诗末两句则以严词斥责康公，责他未效魏颗之舍乱命而从治命。章士钊《柳文指要·永贞一瞥》引《通鉴》：“时内外共疾叔文党与专恣，上（顺宗）亦恶之，俱文珍屡启上，请令太子监国，许之。”太子即顺宗子宪宗。不久，宪宗即位，乃赐叔文死。章氏以为，二王之死，乃出自顺宗之意，宪宗称父命而杀二王，不啻从其父之乱命。但这两件事性质不同，穆公之欲三良殉葬，原是出于嬖爱，顺宗则是“恶之”，但当时未必有置二王于死地之意。《通鉴》是站在反对王叔文集团立场的，顺宗是否真的“恶之”，也是疑问，宗元是否有对君申讨、斥为“彼狂”的勇气？更是难以理解。但柳宗元能直斥康公，比起上述魏晋诸人来，还是高出许多。

秦穆公墓地陕西凤翔城中，明代还立过碑。苏轼曾经往访过，并写《秦穆公墓》，其中说：“昔公生不诛孟明，岂有死之日而忍用其良？乃知三子徇公意，亦如齐之二子从田横。”这是他早年所作，诗中对穆公和三良都很赞扬，但他的弟弟苏辙却与此相反：

泉上秦伯坟，下埋三良士。三良百夫特，岂为无益死。当年不幸见胁迫，诗人尚记临穴惴。岂如田横海中客，中原皆汉无报所。秦国吞西周，康公穆公子。尽力事康公，穆公为不负。岂必杀身从之游，夫子（指苏轼）乃以侯嬴所为疑（拟）三子。王泽既未竭，君子不为诡。三良殉秦穆，要自不得已。

这是弟向兄抬杠，却抬得很有道理。三良只要尽力于康公，也就不负穆公。后来苏轼谪海南时，又写了一首《和陶咏三良》：

此生泰山重，忽作鸿毛遗。三子死一言，所死良已微。贤哉晏平仲，事君不以死。我岂犬马哉，从君求盖帷。杀身固有道，大节要不亏。君为社稷死，我则同其归。顾命有治乱，臣子得从违。魏颗真孝爱，三良安足希？仕宦岂不荣，有时缠忧悲。所以靖节翁，服此黔娄衣。

意思说，国君的遗命，有正确的也有错误的，臣子要分别是非或从或违，不能因为凡是国君说过的一概遵循。齐庄公因淫乱而被崔杼所杀，齐相晏平仲因庄公并非为社稷而死，所以没有殉节。魏颗不从父亲昏乱时遗命，对其父才是真孝顺，对父妾也是爱护。

陶渊明是称赞三良的忠义的。苏诗所以称道渊明，则是取其这一点：渊明由于不慕荣利，安于贫贱，甘服贫士黔娄那样弊衣破被，故而得免忧悲，不像三良那样为了承恩宠而被活活埋葬。

中国士大夫对忠臣义士的殉难死节，一向非常赞扬，但这必须逢到国家危亡时节；三良只是为了个人恩宠而死，就不免贻鸿毛之讥。唐李德裕之批评三良，也因为他们不是为社稷而死。

苏轼这首诗，和他的《秦穆公墓》立意完全相反，后人以为他晚年所见益高，有意自为翻案。三良之殉葬，固然不必揄扬，但偏责三良，也不公平。人谁愿意轻生？如果不是出于胁迫的压力，年富力强的壮士，哪一个甘愿自投泥土？所以，“临其穴，惴惴其慄”，应当理解为三良面临墓穴的恐怖心理的表现。柳宗元将这一惨剧的重心放在斥责秦康公上，也是很有识见的。

荆轲刺秦王

韩愈的诗风，和陶渊明的诗风完全不同，大家一看就明白，柳宗元的五古，却和陶诗近似。《东坡题跋》卷二：“柳子厚诗在陶渊明下，韦苏州上；退之豪放奇险则过之，而温丽情深不足也。所贵乎枯淡者，谓其外枯而中膏，似淡而实美，渊明、子厚之流是也。”苏轼晚年在海南，不读他人诗，只以陶、柳诗集自随。魏庆之《诗人玉屑》卷五也说：“作诗须从陶、柳门庭中来，乃佳。不如是，无以发萧散冲淡之趣，不免于局促尘埃，无由到古人佳趣也。”翁方纲《石洲诗话》卷八不同意东坡之说：“韦（应物）诗在陶彭泽下，柳柳州上。”这固然说得公允，也只是上下之分。

燕国的太子丹，因秦强燕弱，恐被消灭，便以卑辞厚礼，说动卫人荆轲，请他入秦劫持秦王，效法春秋时曹沫之劫齐桓公，如生劫不成，就将秦王刺死。荆轲答应了太子，为了取信于秦王，还将逃到燕国的秦将樊於期的头割下，和燕国富裕地区督亢的地图，一同献给秦王。

荆轲至秦，将地图献给秦王，“图穷而匕首见（现）”。荆轲原来想生劫秦王，这时事情败露，就想刺死秦王，结果没有成功，反被杀死，身体被肢解。

这段故事，经过司马迁紧张淋漓的描写，便具有浓烈的悲剧色彩，《易水歌》的“风萧萧兮易水寒，壮士一去兮不复还”，尤富于悲剧的审美效果。魏晋之际，便成为诗人咏史的好题材，建安七子之一的阮瑀即写过荆轲：

> 燕丹善勇士，荆轲为上宾。图尽擢匕首，长驱西入秦。素车驾白马，相送易水津。渐离击筑歌，悲声感路人。举坐同咨嗟，叹气若青云。

这只是写到易水送别。素车白马，本用于凶丧之事，这里是说他不会生还。

又如西晋的左思诗：

> 荆轲饮燕市，酒酣气益震。哀歌和渐离，谓若傍无人。虽无壮士节，与世亦殊伦。高眄邈四海，豪右何足陈？贵者

虽自贵，视之若埃尘。贱者虽自贱，重之若千钧。

荆轲在当时属于下层，实际是一个流浪汉。左思出身寒门，鄙视权贵，所以后面六句，即是有感而发：贵者自以为贵，在他看来如同尘埃；贱者自以为贱，但他的志行却重若千钧。

继左思之后则有陶渊明：

燕丹善养士，志在报强嬴。招集百夫良，岁暮得荆卿。君子死知己，提剑出燕京。素骥鸣广陌，慷慨送我行。雄发指危冠，猛气冲长缨。饮饯易水上，四座列群英，渐离击悲筑，宋意唱高声。萧萧哀风逝，淡淡寒波生。商音更流涕，羽奏壮士惊。心知去不归，且有后世名。登车何时顾，飞盖入秦庭。凌厉越万里，逶迤过千城。图穷事自至，豪主正怔营。惜哉剑术疏，奇功遂不成。其人虽已没，千载有余情。

这把燕太子的获得荆轲，至荆轲刺秦王未成的过程都已概括。“飞盖”指车篷如飞，“凌越”二句形容荆轲自今河北远赴秦都咸阳，经过万里千城。

朱熹《朱子语类》：“渊明诗，人皆说平淡，余看他自豪放。但豪放得来不觉耳。其露出本相者是《咏荆轲》一篇。平淡底人如何说得这样言语出来？”就这首诗说，也是对的，不过，陶诗的艺术特征，毕竟是“平淡”。

此诗作于宋武帝刘裕篡晋之后，所以后人以为有针对性，即希望再出一个荆轲为晋报仇。是否如此，尚难肯定。

唐代咏荆轲的更多，柳宗元也有一首五古：

燕秦不两立，太子已为虞。千金奉短计，匕首荆卿趋。穷年徇所欲，兵势且见屠。微言激幽愤，怒目辞燕都。朔风动易水，挥爵前长驱。函首致宿怨，献田开版图。炯然耀电光，掌握罔正夫[①]。造端何其锐，临事竟趑趄。长虹吐白日，苍卒反受诛。按剑赫凭怒，风雷助号呼。慈父断子首，狂走无容躯。夷城芟七族，台观皆焚污。始期忧患弭，卒动灾祸枢。秦皇本诈力，事与桓公殊。奈何效曹子，实谓勇且愚。世传故多谬，太史征无且。

这是惋惜太子丹遣荆轲入秦为短计。开始时，气概何等激昂勇猛，双目如同电光，使地方官无从控制。可是结果还是失

---

① 正夫，本指掌管五县的遂正，这里借喻秦国的地方官。

败，秦王一怒而伐燕，要索取太子，太子逃亡匿身衍水中，燕王乃斩太子献给秦王，荆轲则七族被诛。

从风格上看，陶、柳两诗极为近似，尽管故事本身很壮烈，语言还是平淡，如果换了韩愈，不知要用多少硬语险语。但陶诗首尾赞赏荆轲，柳诗的重心则在批评燕丹、荆轲的短计和勇且愚。不过，柳宗元以为这究是传说，恐有谬误。司马迁自己也说："又言荆轲伤秦王，皆非也。始，公孙季功、董生与夏无且游，具知其事，为余道之如是。"说明他写荆轲故事时，原是夏无且等告诉他的，其中写秦王和荆轲搏斗时，轲身上已有八处重伤，却能倚柱而笑，箕踞（伸足而坐）而骂秦王说："事所以不成者，以欲生劫之，必得约契以报太子也。"传奇的色彩太强了，好像秦王故意安排他先骂几声，再来杀死这个悍厉的刺客。

与柳宗元同时的刘叉，也有一首《嘲荆卿》：

白虹千里气，血颈一剑义。报恩不到头，徒作轻生士。

稍后的大和时人李远，也写过《读田光传》：

秦灭燕丹怨正深，古来豪客尽沾巾。荆卿不了真闲事，辜负田光一片心。

田光是荆轲的朋友，曾向燕太子推荐荆轲。不了，犹糊涂、愚鲁之意。可见唐人对荆轲此举，也不很赞成。

近人苏曼殊《以诗并画留别汤国顿》的末二句云：“易水萧萧人去也，一天明月白如霜。”若论意境，此亦一绝。

太子丹派荆轲劫持秦王，实是绝大的冒险行为，荆轲也是逞匹夫之勇，凭借的只是一把匕首，这种重义轻生的行为，后来又发展为游侠。司马光在《资治通鉴》卷七中，对燕丹和荆轲作了锐利的抨击，说荆轲是“刺客之靡”（通“糜”，破烂货），又说：“荆轲，君子盗诸。”意思是，以君子之道来衡量，荆轲与强盗无异。就今天的观点说，无论劫持或暗杀，都不是对付敌人的光明正道。

存殁之间

柳宗元的谪贬，开始于永贞元年（805）十一月之贬永州，后贬柳州。元和十四年，朝廷准备将他召回，诏书还来不及到达柳州，宗元已含冤而卒。遗有两子两女，长子周六，年仅四岁。丧葬费用全靠朋友裴行立帮助。次年，由他表弟运柩至万年县栖凤原的先人墓侧安葬。

这是一个悲剧的结局。实际上，他的悲剧命运，在流放之初就已开始。在这过程中，现实生活里也接触了一些悲剧性事件。他的名文《捕蛇者说》中蒋氏一家的三代遭遇，就具有悲剧色彩。

在诗歌中，还有一首《掩役夫张进骸》：

生死悠悠尔，一气聚散之。偶来纷喜怒，奄忽已复辞。为役孰贱辱，为贵非神奇。一朝纩息定，枯朽无妍嫌。生平勤皂枥，剉秣不告疲。既死给棤椟，葬之东山基。奈何值崩湍，荡析临路垂。髐然暴百骸，散乱不复支。从者幸告余，睠之涓然悲。猫虎获迎祭，犬马有盖帷。伫立唁尔魂，岂复识此为？畚锸载埋瘗，沟渎护其危。我心得所安，不谓尔有知。掩骼著春令，兹焉适其时。及物非吾事，聊且顾尔私。

这个役夫当是他的贬所中差役，故而知道他姓名，职务是饲马割秣。

诗的大意是：人的生死原没有把握，意即生命本很脆弱，全靠一口气。活着时还有喜怒之情的活动，死亡后什么都消失了，役夫与长官的差别也不再存在，等到进入墓土，沦为枯骨，更无美丑之分。这一段，也是陶渊明《拟挽歌辞》的“死去何所道，托体同山阿”的引申。

第二段“生平”两句写张进生前的勤劳，张进事迹可以知道的只此两句。“既死”两句写宗元对张进身后的料理。柳张之间的关系本来可以至此结束。

没想到山洪突然崩裂，棺柩受到冲击，尸骨暴露散乱。百骸犹言百体，指身体各部分。张进是役夫，柳宗元又在贬所，当时必是草草埋葬。

“从者”指宗元手下的人。“幸”非泛词饰语，而是真情的流露。因为宗元不可能到东山，所以幸亏从者告诉他，否则，张进的残骸便无从收敛。猫虎、犬马两句都用《礼记》典故：因为猫能食田鼠，虎能食田豕（野猪），所以迎而祭之。孔子养的一条狗死了，便派他的学生子贡去埋葬，并说：“吾闻之也，敝帷不弃，为埋马也。敝盖不弃，为埋狗也。”那么，对人的尸骨更不应任其散露。他久立而吊张进的阴魂，估计逝者未必明白。宗元所以埋葬残骸，疏通沟流，免受大水的危害，只求心之所安。因为这时已值春令，古代每于孟春之月，掩埋尸骨。宗元自知并非泽及枯骨之辈，只是为了使张进私人遗骸有所安置，以此酬答存殁之间的私谊。

暴骨为古人所大忌，亦今人所共感。对于死者来说，尸骨的暴露或重埋，一瞑之后，本来无所知悉，重要的是存者对殁者的态度。殁者既对存者不可能再有任何要求和期望了，正因为这样，更不忍让它久暴于荒野。诗人的原意就是如此。

张进是一个低贱的役夫，随着柳宗元到了贬地，中途死于异乡。随主飘零，有家难归，举目无亲，孤魂无依，这时又因山洪而尸骨散乱，这就使他的身后带来悲剧性。柳宗元以悲剧人物而料理张进的尸骨，又纪之以诗，却反复申明自己没有重大的意图，并不希望殁者知道，只是求其心之所安。在这种心情下写出来的作品，不可能不含有悲剧意味。

谢榛《四溟诗话》卷四：“余读柳子厚《掩役夫张进骸》诗，至‘但愿我心安，不为尔有知’，诚仁人之言也。夫子厚一代文宗，故其摛词振藻，能占地步如此。镇康王西岩每于春间[1]，命校人于郊外举白骨之暴露者，拾而瘗之，能不自以为功，人见之以为常。”所谓“仁人”，也便是富有同情心的人。谢榛为此而作了一首诗：“清明野柳摇晴烟，家家坟头烧纸钱。岁增黄土掩宿莽，还生芳草相新鲜。复见白骨交加暴风日，但逢阴雨多凄然。欲问无言隔冥漠，不睹面貌焉知年？死也何辜？生也何愆？肉饱几乌鸢，余腥蝼蚁缠。有灵无定处，徒尔为飙旋。（下略）”前一句写有家属的坟头，每年清明都有人来烧纸钱，下面则以无主的孤魂野鬼的白骨作对照，因为已成骷髅，所以无法从面貌上测知年龄。

《古文观止》中有一篇王守仁的《瘗旅文》，也是后世传诵的名作。当时王守仁也因故谪为贵州龙场驿丞，恰值有吏目自京城来，带了一子一仆，投宿土人家。守仁想去问他北方的消息，没有成功。次日中午，有人自蜈蚣坡来，说有一个老人死于坡下，旁边有两人在悲哭。守仁说：“此必吏目死矣。”

---

① 镇康王西岩，明宗室朱恬焯，自号西岩道人，嘉靖时封镇康王。

到了傍晚，又有人来告，坡下死的有两人了，哭的只剩下一人，原来是他的儿子也死了。第二天，坡下有三个尸体了。守仁想到暴骨无主，命二童子持畚锸往埋，二童子面有难色，守仁叹了一口气说："噫！吾与尔犹彼也！"二童子也流泪了，便在山脚下筑了三个洞穴，又撰文吊祭说：你们是谁呀！是谁呀！你为什么要来作此山之鬼？我因被流放而来此，也是对的，你犯了什么罪呀？听说你只是个吏目，俸禄还没有五斗，那么，在乡下和妻儿一同耕田，就可以过日子了，为什么以五斗而易七尺之躯？自己死了不算，还要加上儿子和仆人。……末了，守仁又作歌以慰死者：我今后如果死在这里，你就带领儿子和仆人到我处来游玩，我们共同驾紫彪，乘文螭，登望故乡而嘘唏。如果我幸而获生回去，那么，你子你仆，还跟随你，道旁的累累孤冢中，多是中原流落于此的，你就和他们一道呼啸一道徘徊吧。

王文的核心是"吾与尔犹彼也"，即命运有共通地方，随时随地有可能猝死于半路，暴骨于荒野。本来是供旅人暂时憩息的土墩坡石，就可以成为生命的终点。王文虽故作旷达，其实是在发泄自己心头的郁愤；柳诗没有明显写出，我们仍然可以体会得到。

国家新闻出版广电总局

首届向全国推荐中华优秀传统文化普及图书

大家小书书目

国学救亡讲演录	章太炎 著 蒙 木 编
门外文谈	鲁 迅 著
经典常谈	朱自清 著
语言与文化	罗常培 著
习坎庸言校正	罗 庸 著 杜志勇 校注
鸭池十讲（增订本）	罗 庸 著 杜志勇 编订
古代汉语常识	王 力 著
国学概论新编	谭正璧 编著
文言尺牍入门	谭正璧 著
日用交谊尺牍	谭正璧 著
敦煌学概论	姜亮夫 著
训诂简论	陆宗达 著
金石丛话	施蛰存 著
常识	周有光 著 叶 芳 编
文言津逮	张中行 著
经学常谈	屈守元 著
国学讲演录	程应镠 著
英语学习	李赋宁 著
中国字典史略	刘叶秋 著
语文修养	刘叶秋 著
笔祸史谈丛	黄 裳 著
古典目录学浅说	来新夏 著
闲谈写对联	白化文 著
汉字知识	郭锡良 著
怎样使用标点符号（增订本）	苏培成 著
汉字构型学讲座	王 宁 著

诗境浅说	俞陛云　著
唐五代词境浅说	俞陛云　著
北宋词境浅说	俞陛云　著
南宋词境浅说	俞陛云　著
人间词话新注	王国维　著　滕咸惠　校注
苏辛词说	顾　随　著　陈　均　校
诗论	朱光潜　著
唐五代两宋词史稿	郑振铎　著
唐诗杂论	闻一多　著
诗词格律概要	王　力　著
唐宋词欣赏	夏承焘　著
槐屋古诗说	俞平伯　著
词学十讲	龙榆生　著
词曲概论	龙榆生　著
唐宋词格律	龙榆生　著
楚辞讲录	姜亮夫　著
读词偶记	詹安泰　著
中国古典诗歌讲稿	浦江清　著 浦汉明　彭书麟　整理
唐人绝句启蒙	李霁野　著
唐宋词启蒙	李霁野　著
唐诗研究	胡云翼　著
风诗心赏	萧涤非　著　萧光乾　萧海川　编
人民诗人杜甫	萧涤非　著　萧光乾　萧海川　编
唐宋词概说	吴世昌　著
宋词赏析	沈祖棻　著
唐人七绝诗浅释	沈祖棻　著
道教徒的诗人李白及其痛苦	李长之　著
英美现代诗谈	王佐良　著　董伯韬　编
闲坐说诗经	金性尧　著
陶渊明批评	萧望卿　著

古典诗文述略	吴小如　著
诗的魅力 ——郑敏谈外国诗歌	郑　敏　著
新诗与传统	郑　敏　著
一诗一世界	邵燕祥　著
舒芜说诗	舒　芜　著
名篇词例选说	叶嘉莹　著
汉魏六朝诗简说	王运熙　著　董伯韬　编
唐诗纵横谈	周勋初　著
楚辞讲座	汤炳正　著 汤序波　汤文瑞　整理
好诗不厌百回读	袁行霈　著
山水有清音 ——古代山水田园诗鉴要	葛晓音　著
红楼梦考证	胡　适　著
《水浒传》考证	胡　适　著
《水浒传》与中国社会	萨孟武　著
《西游记》与中国古代政治	萨孟武　著
《红楼梦》与中国旧家庭	萨孟武　著
《金瓶梅》人物	孟　超　著　张光宇　绘
水泊梁山英雄谱	孟　超　著　张光宇　绘
水浒五论	聂绀弩　著
《三国演义》试论	董每戡　著
《红楼梦》的艺术生命	吴组缃　著　刘勇强　编
《红楼梦》探源	吴世昌　著
《西游记》漫话	林　庚　著
史诗《红楼梦》	何其芳　著 王叔晖　图　蒙　木　编
细说红楼	周绍良　著
红楼小讲	周汝昌　著　周伦玲　整理

曹雪芹的故事　　周汝昌　著　周伦玲　整理
古典小说漫稿　　吴小如　著
三生石上旧精魂
——中国古代小说与宗教　　白化文　著
《金瓶梅》十二讲　　宁宗一　著
中国古典小说十五讲　　宁宗一　著
古体小说论要　　程毅中　著
近体小说论要　　程毅中　著
《聊斋志异》面面观　　马振方　著
《儒林外史》简说　　何满子　著

我的杂学　　周作人　著　张丽华　编
写作常谈　　叶圣陶　著
中国骈文概论　　瞿兑之　著
谈修养　　朱光潜　著
给青年的十二封信　　朱光潜　著
论雅俗共赏　　朱自清　著
文学概论讲义　　老　舍　著
中国文学史导论　　罗　庸　著　杜志勇　辑校
给少男少女　　李霁野　著
古典文学略述　　王季思　著　王兆凯　编
古典戏曲略说　　王季思　著　王兆凯　编
鲁迅批判　　李长之　著
唐代进士行卷与文学　　程千帆　著
说八股　　启　功　张中行　金克木　著
译余偶拾　　杨宪益　著
文学漫识　　杨宪益　著
三国谈心录　　金性尧　著
夜阑话韩柳　　金性尧　著
漫谈西方文学　　李赋宁　著
历代笔记概述　　刘叶秋　著

周作人概观	舒　芜　著
古代文学入门	王运熙　著　董伯韬　编
有琴一张	资中筠　著
中国文化与世界文化	乐黛云　著
新文学小讲	严家炎　著
回归，还是出发	高尔泰　著
文学的阅读	洪子诚　著
中国文学1949—1989	洪子诚　著
鲁迅作品细读	钱理群　著
中国戏曲	么书仪　著
元曲十题	么书仪　著
唐宋八大家——古代散文的典范	葛晓音　选译
辛亥革命亲历记	吴玉章　著
中国历史讲话	熊十力　著
中国史学入门	顾颉刚　著　何启君　整理
秦汉的方士与儒生	顾颉刚　著
三国史话	吕思勉　著
史学要论	李大钊　著
中国近代史	蒋廷黻　著
民族与古代中国史	傅斯年　著
五谷史话	万国鼎　著　徐定懿　编
民族文话	郑振铎　著
史料与史学	翦伯赞　著
秦汉史九讲	翦伯赞　著
唐代社会概略	黄现璠　著
清史简述	郑天挺　著
两汉社会生活概述	谢国桢　著
中国文化与中国的兵	雷海宗　著
元史讲座	韩儒林　著

魏晋南北朝史稿　　贺昌群　著
汉唐精神　　贺昌群　著
海上丝路与文化交流　　常任侠　著
中国史纲　　张荫麟　著
两宋史纲　　张荫麟　著
北宋政治改革家王安石　　邓广铭　著
从紫禁城到故宫
——营建、艺术、史事　　单士元　著
春秋史　　童书业　著
明史简述　　吴　晗　著
朱元璋传　　吴　晗　著
明朝开国史　　吴　晗　著
旧史新谈　　吴　晗　著　习　之　编
史学遗产六讲　　白寿彝　著
先秦思想讲话　　杨向奎　著
司马迁之人格与风格　　李长之　著
历史人物　　郭沫若　著
屈原研究（增订本）　　郭沫若　著
考古寻根记　　苏秉琦　著
舆地勾稽六十年　　谭其骧　著
魏晋南北朝隋唐史　　唐长孺　著
秦汉史略　　何兹全　著
魏晋南北朝史略　　何兹全　著
司马迁　　季镇淮　著
唐王朝的崛起与兴盛　　汪　篯　著
南北朝史话　　程应镠　著
二千年间　　胡　绳　著
论三国人物　　方诗铭　著
辽代史话　　陈　述　著
考古发现与中西文化交流　　宿　白　著
清史三百年　　戴　逸　著

清史寻踪	戴　逸　著
走出中国近代史	章开沅　著
中国古代政治文明讲略	张传玺　著
艺术、神话与祭祀	张光直　著 刘　静　乌鲁木加甫　译
中国古代衣食住行	许嘉璐　著
辽夏金元小史	邱树森　著
中国古代史学十讲	瞿林东　著
历代官制概述	瞿宣颖　著
宾虹论画	黄宾虹　著
中国绘画史	陈师曾　著
和青年朋友谈书法	沈尹默　著
中国画法研究	吕凤子　著
桥梁史话	茅以升　著
中国戏剧史讲座	周贻白　著
中国戏剧简史	董每戡　著
西洋戏剧简史	董每戡　著
俞平伯说昆曲	俞平伯　著　陈　均　编
新建筑与流派	童　寯　著
论园	童　寯　著
拙匠随笔	梁思成　著　林　洙　编
中国建筑艺术	梁思成　著　林　洙　编
沈从文讲文物	沈从文　著　王　风　编
中国画的艺术	徐悲鸿　著　马小起　编
中国绘画史纲	傅抱石　著
龙坡谈艺	台静农　著
中国舞蹈史话	常任侠　著
中国美术史谈	常任侠　著
说书与戏曲	金受申　著
世界美术名作二十讲	傅　雷　著

中国画论体系及其批评　李长之　著
金石书画漫谈　启　功　著　赵仁珪　编
吞山怀谷
　　——中国山水园林艺术　汪菊渊　著
故宫探微　朱家溍　著
中国古代音乐与舞蹈　阴法鲁　著　刘玉才　编
梓翁说园　陈从周　著
旧戏新谈　黄　裳　著
民间年画十讲　王树村　著　姜彦文　编
民间美术与民俗　王树村　著　姜彦文　编
长城史话　罗哲文　著
天工人巧
　　——中国古园林六讲　罗哲文　著
现代建筑奠基人　罗小未　著
世界桥梁趣谈　唐寰澄　著
如何欣赏一座桥　唐寰澄　著
桥梁的故事　唐寰澄　著
园林的意境　周维权　著
万方安和
　　——皇家园林的故事　周维权　著
乡土漫谈　陈志华　著
现代建筑的故事　吴焕加　著
中国古代建筑概说　傅熹年　著

简易哲学纲要　蔡元培　著
大学教育　蔡元培　著
　北大元培学院　编
老子、孔子、墨子及其学派　梁启超　著
春秋战国思想史话　嵇文甫　著
晚明思想史论　嵇文甫　著
新人生论　冯友兰　著

中国哲学与未来世界哲学　冯友兰　著
谈美　朱光潜　著
谈美书简　朱光潜　著
中国古代心理学思想　潘　菽　著
新人生观　罗家伦　著
佛教基本知识　周叔迦　著
儒学述要　罗　庸　著　杜志勇　辑校
老子其人其书及其学派　詹剑峰　著
周易简要　李镜池　著　李铭建　编
希腊漫话　罗念生　著
佛教常识答问　赵朴初　著
维也纳学派哲学　洪　谦　著
大一统与儒家思想　杨向奎　著
孔子的故事　李长之　著
西洋哲学史　李长之　著
哲学讲话　艾思奇　著
中国文化六讲　何兹全　著
墨子与墨家　任继愈　著
中华慧命续千年　萧萐父　著
儒学十讲　汤一介　著
汉化佛教与佛寺　白化文　著
传统文化六讲　金开诚　著　金舒年　徐令缘　编
美是自由的象征　高尔泰　著
艺术的觉醒　高尔泰　著
中华文化片论　冯天瑜　著
儒者的智慧　郭齐勇　著

中国政治思想史　吕思勉　著
市政制度　张慰慈　著
政治学大纲　张慰慈　著
民俗与迷信　江绍原　著　陈泳超　整理

政治的学问	钱端升 著 钱元强 编
从古典经济学派到马克思	陈岱孙 著
乡土中国	费孝通 著
社会调查自白	费孝通 著
怎样做好律师	张思之 著 孙国栋 编
中西之交	陈乐民 著
律师与法治	江 平 著 孙国栋 编
中华法文化史镜鉴	张晋藩 著
新闻艺术（增订本）	徐铸成 著
经济学常识	吴敬琏 著 马国川 编
中国化学史稿	张子高 编著
中国机械工程发明史	刘仙洲 著
天道与人文	竺可桢 著 施爱东 编
中国医学史略	范行准 著
优选法与统筹法平话	华罗庚 著
数学知识竞赛五讲	华罗庚 著
中国历史上的科学发明（插图本）	钱伟长 著

出版说明

“大家小书”多是一代大家的经典著作，在还属于手抄的著述年代里，每个字都是经过作者精琢细磨之后所拣选的。为尊重作者写作习惯和遣词风格、尊重语言文字自身发展流变的规律，为读者提供一个可靠的版本，“大家小书”对于已经经典化的作品不进行现代汉语的规范化处理。

提请读者特别注意。

北京出版社